La versión de Eric

NANDO LÓPEZ

fundación sm

La Fundación SM destina los beneficios de las empresas SM a programas culturales y educativos, con especial atención a los colectivos más desfavorecidos.

Si quieres saber más sobre los programas de la Fundación SM, entra en
www.fundacion-sm.org

LITERATURASM•COM

Primera edición: abril de 2020
Cuarta edición: noviembre de 2022

Dirección editorial: Berta Márquez
Coordinación editorial: Paloma Muiña
Dirección de arte: Lara Peces
Coordinación gráfica: Marta Mesa
Cubierta: Rafael Martín Coronel

© del texto: Nando López, 2020
© Ediciones SM, 2020
Impresores, 2
Parque Empresarial Prado del Espino
28660 Boadilla del Monte (Madrid)
www.grupo-sm.com

ISBN: 978-84-131-8518-7
Depósito legal: M-5655-2020
Impreso en la UE / *Printed in EU*

Cualquier forma de reproducción, distribución, comunicación pública o transformación de esta obra solo puede ser realizada con la autorización de sus titulares, salvo excepción prevista por la ley. Diríjase a CEDRO (Centro Español de Derechos Reprográficos, www.cedro.org) si necesita fotocopiar o escanear algún fragmento de esta obra.

*A mis padres,
por darme las alas.*

*Y a cada adolescente
que he conocido en estos años,
con el deseo de que nadie –jamás–
corte las vuestras.*

«A mí ya no me podéis cambiar. Yo he nacido poeta y artista como el que nace cojo, como el que nace ciego, como el que nace guapo. Dejadme las alas en su sitio, que yo os respondo que volaré bien».

Carta de Federico García Lorca a su padre
Madrid, Residencia de Estudiantes
Primavera de 1920

La primera víctima apareció el miércoles 12 de junio a las 3:45 de la mañana.
La segunda, el sábado 13 de julio a la 1:34.
La tercera, esa misma madrugada de julio y solo una hora después.

Aún no sé si estas líneas verán la luz. Puede que no me atreva a que lo hagan o que, debido a todos los intereses que hay en juego, no me lo permitan. Ni siquiera estoy seguro de si sabré recordarlo tal y como sucedió. Todos los pasos, todos los momentos que, sin saberlo, acabaron acercándome a Rex, a Tania, a Hugo, a Julia, a Matt o incluso a Lorca. A cada una de las personas que, fueran o no conscientes de ello, cambiaron mi vida y escribieron mi historia.

Estas páginas son el relato de todo lo que callé entonces.

Y de por qué lo hice.

SÁBADO, 13 DE JULIO
01:44 a. m.

Tenía nueve años cuando mi padre se fue de casa.
Once cuando comenzaron las pesadillas.
Trece cuando llegó el primer ingreso.
Y catorce en el segundo.

No sé por qué me resulta imposible dejar de pensar en todo eso este maldito sábado, mientras corro sin saber hacia dónde.

Intentando alejar de mí la imagen de ese cuerpo que aún debe de yacer en el asfalto a la espera de la ambulancia.

—¿Podría repetir la dirección, por favor? —me pedía la voz al otro lado del teléfono.

—Estoy en... Estoy...

Tenía guardada la ubicación en mi móvil, pero no era capaz de responder porque, de repente, solo era capaz de ver y sentir oscuridad.

Tan parecida a la que me empujó a empezar a lesionarme a los doce.

A la que me derribó a los trece.

A la que estuvo a punto de hundirme para siempre a los catorce.

Como si esta noche mis demonios se hubieran aliado para lanzarse sobre mí de nuevo.

—Denos su ubicación —insistía quien intentaba atenderme al otro lado de la línea.

He balbuceado el nombre de la calle justo antes de colgar para evitar que pudiera hacerme más preguntas. No podía explicarle qué estaba haciendo allí, ni cuál era mi nombre; ni siquiera me sentía preparado para describirle a la víctima. O para cerciorarme, como pretendía la voz, de si seguía respirando.

Cuando he subido de nuevo a la moto, no me he fijado en si lo hacía.

No he querido saberlo.

Quizá ya no respirase.

Quizá el suyo haya sido el segundo cadáver con el que me he cruzado.

Pero el primero era muy diferente a este. El de mi abuelo tenía un gesto amable. Casi sereno. La expresión empática —esa palabra no la conocía entonces, pero es la mejor con que puedo describirlo ahora— de una de las pocas personas que han sabido entenderme. O, al menos, intuirme.

Han pasado ocho años hasta que, en esta madrugada, a mis veinte, he visto el segundo.

Me gustaría convencerme de que tal vez no lo sea.

De que quizá solo estoy huyendo sin rumbo después de haber abandonado a alguien sobre el asfalto.

Alguien que, si la ambulancia llega a tiempo, conseguirá recuperarse.

A mi espalda, cuando solo estaba a unas calles de allí, he creído oír las sirenas.

O quizá no fuera eso.

A lo mejor no era más que mi conciencia la que me hacía creer que se escuchaba ese sonido para que mis demonios no se hagan aún más fuertes.

Los que, hace no tanto, guiaban mis manos cuando rasgaba mi piel.

Los que deformaban mi imagen cuando me obligaban a mirarme en el espejo que mis padres se empeñaron en poner en el armario de mi habitación.

Los que estuvieron a punto de robarme lo poco de mí que no me asusta. Lo poco de mí que, a pesar de todo, sé que soy.

Sigo corriendo mientras me doy cuenta, por primera vez, de que esta noche puedo perderlo todo. Si no tomo las decisiones adecuadas, estaré poniendo en peligro lo que he construido estos dos últimos años. Todo lo bueno que ha sucedido y que me dijeron, cuántas veces me lo dijeron, que nunca iba a pasar.

—Deberías pensar en un plan B —Delia, la tutora de 4.º de ESO, masticó mucho las palabras mientras me las escupía—. Deberías tener un plan B, Alicia.

Era una de las que, a pesar de mis quejas y de las advertencias de mi madre, se negaban a utilizar mi verdadero nombre.

—En las listas *pone* Alicia —repetía marcando mucho el verbo cuando me atrevía a corregirla.

Delia podía haber sido una de los que, un par de años antes, habrían conseguido que me devorasen los demonios. Los mismos que ya no me arrollarían porque ese curso había conocido a Iván, el profesor que sí lo cambió todo, porque habían empezado a calar en mí las conversaciones con Julia y porque Tania ya había entrado en mi vida. Demasiado a mi favor como para permitir que nadie, y mucho menos alguien tan gris como Delia, lo estropease.

—Es importante contar con un plan B.

Tenía catorce años la primera vez que alguien como ella me aseguró que jamás podría vivir de la interpretación.

Dieciocho cuando me eligieron en el *casting* que lo cambiaría todo.

Y acababa de cumplir los diecinueve cuando, gracias al éxito inesperado de *Ángeles*, sumé mi primer millón de seguidores en Instagram.

Lejos —tal vez solo en mi cabeza— siguen rugiendo las ambulancias mientras yo comienzo a frenar.

Aparco la moto y entro, sin darme tiempo a pensar en lo que estoy haciendo, en una comisaría del centro.

Puede que no haya sido casualidad.

Que no haya sido el azar lo que me ha traído hasta aquí.

Quizá ni siquiera fueron mis demonios.

Los que conozco demasiado bien como para no haber aprendido a controlarlos.

—Tú eres más fuerte —me recordaba mi abuelo cuando notaba que mi tristeza se volvía densa y pegajosa—. Tienes superpoderes, ¿no lo sabías?

Y, como hago siempre que debo enfrentarme a un momento difícil, me repito sus palabras y dibujo su sonrisa en mi mente. Esa sonrisa que me permitía olvidar el rostro de preocupación de mi madre y la expresión ausente de mi padre.

Por eso, porque suenan en mi cabeza las palabras de mi abuelo, estoy convencido de que no son mis demonios quienes me obligan a cruzar esta puerta.

Ellos no podrían empujarme a través de este mar de uniformes en busca de alguien que quiera hablar conmigo y escuchar lo que siento la necesidad de confesarles.
Estás a punto de perderlo todo, Eric.
¿Te lo has pensado bien?
—Espere aquí —uno de los oficiales más jóvenes me detiene y me indica una angosta sala de espera donde debo aguardar hasta que llegue mi turno para decir lo que (¿estás seguro?) he venido a decir.
Una chica de mi edad, a la que acompaña alguien que debe de ser su padre, me reconoce.
—¿Tú eres el de...?
Asiento y bajo la cabeza antes de darle tiempo a que pronuncie el nombre de la serie que lo ha cambiado todo.

—Menudo pelotazo hemos dado —me escribió Rex cuando vimos los picos de audiencia de *Ángeles*: más de veinte millones de personas habían devorado la primera temporada solo en una semana. Y quince de esos millones lo habían hecho en un solo día—. Hemos triunfado, tío. Hemos triunfado...
Seguro que la chica que me ha reconocido es una de las que se vio los ocho capítulos de golpe, en un maratón de un solo día. Y ahora, con todo ese inesperado ejército de fanes, espera con ansiedad a que se estrene la segunda temporada.
En el *casting* aún no sabían cuál iba a ser el título de la serie. En realidad, lo cambiaron varias veces a lo largo de los seis meses de rodaje y solo se decidió unas semanas antes de que comenzara la campaña de lanzamiento.
—Hay que crear mucho *hype* —insistía Valeria, la responsable de comunicación—. Es importante que nadie sepa bien lo que va a ver, pero que todo el mundo tenga ganas de verlo...
Cuando por fin me enteré de que se iba a llamar *Ángeles*, lo confieso, casi tuve un ataque de risa. Y no solo porque aún me costaba creer que yo fuera a formar parte de ese proyecto, sino porque me preguntaba qué opinarían mis demonios si supieran que estaba a punto de unirme a las filas de sus antagonistas.
—Es un buen título —dijo Hugo, mi representante, que fue quien me había conseguido la prueba—. Corto, pegadizo... Y seguro que da para hacer una buena campaña de *merchandising*.

La chica que espera conmigo en la comisaría me enseña algo: es un llavero con las dos alas plateadas que forman el logo de la serie. Después creo que me hace una pregunta, pero estoy tan perdido en mis pensamientos –¿por qué siento que mi pasado se desborda en este inoportuno presente?– que me cuesta escuchar sus palabras.

Sonrío, como hago habitualmente cuando no entiendo a alguien.

Porque ahora mismo mi mente es incapaz de oír algo que no sea mi propia voz gritando con una mezcla de rabia –¿por qué a mí?– y de culpa –¿por qué yo, joder?, ¿por qué yo?

Pero la chica insiste. Tal vez quiere un autógrafo. O, peor aún, una fotografía.

Un estúpido selfi en el lugar más inoportuno del mundo.

No le respondo.

No pienso guardar ni un solo testimonio gráfico de mi presencia en este sitio.

Ni de esta noche.

Masculla algo entre dientes, sacude con rabia su llavero (debo de haberle parecido un imbécil) y se aleja de mí.

«Para el fandom de @Eric_Ángeles: es un borde, que lo sepáis. Canceladísimo desde hoy».

Envía su tuit con tanta rabia que, cuando aparece la notificación en la pantalla de mi móvil, casi puedo sentir cómo me golpea con sus palabras.

Igual que una bofetada.

Aparta la mirada y se apoya en el hombre que la acompaña. Sí, es su padre: tienen la misma nariz y una expresión similar.

La imagen de ambos, con ella reclinada sobre él, consigue que me sienta un poco más solo que antes y, a falta de alguien que lo haga en mi lugar, soy yo mismo quien rodea mi cuerpo con mis brazos, como si intentara sujetarme los miembros para impedir que caigan al suelo.

El oficial joven que me ha traído hasta aquí –cabello muy corto y rubio, ojos azules, manos grandes y espaldas inmensas– viene a buscarme.

–Acompáñame.

Recorro un largo pasillo lleno de gente en el que, intuyo, hay más miradas que me reconocen e incluso algún móvil que intenta conseguir un robado, así que me cubro la cara con las manos para ponerme a salvo.

—La televisión lo cambia todo, Eric —me advirtió mi madre cuando firmé el contrato.
—Para bien —trató de convencerla Hugo—. Esto es solo el inicio.
Pero ella no sonrió ni una sola vez en todo ese día.
Ni cuando le pedí que me acompañara a los estudios de la productora para formalizar la firma.
Ni cuando nos fuimos a comer con Hugo para celebrarlo.
Ni cuando le aseguré que estaba empezando a cumplir un sueño.
A mi madre le habría gustado que todo fuese más despacio.
Quizá una obra de teatro alternativa, como la que le han propuesto a Tania.
Una webserie.
O algún corto que apenas tuviera difusión.
Cuando le conté que me habían cogido en la agencia de Hugo y que me habían propuesto para aquella prueba, mi madre trató de convencerme de que no sucedería.
—En la televisión buscan nombres, Eric.
Pero es que mi madre lleva tantos años acostumbrada a perder que le resulta impensable que sea posible ganar.

Se cierra la puerta del despacho, donde otro oficial aguarda mi testimonio para dejar constancia de él en su ordenador.
El nuevo policía —algo mayor, con calva incipiente y bastante menos atlético que su compañero de los ojos azules— me hace alguna pregunta que trato de responder instintivamente.
No soy capaz de concentrarme en lo que me dice.
No soy capaz de concentrarme en nada que no sea la voz que, con sus gritos, está a punto de atravesar mi cabeza.
La voz que esta madrugada, a mis veinte, se parece tanto a la que empezó a asfixiarme a los nueve.
—¿Te encuentras bien?
Habla, Eric.
Pero, aunque quiero hacerlo, siento que en mi interior suenan a la vez demasiadas voces.
Demasiado ruido.
—La televisión lo cambia todo.
—Deberías tener un plan B.
—Hemos triunfado, tío.

–En las listas *pone* Alicia.
–Esto es solo el inicio.

No puedo oír mis propias ideas, así que tampoco consigo que lleguen a escucharse mis palabras.

El oficial más joven, que sigue aquí, hace ademán de abrir la puerta para buscar a alguien.

Tienes que hacerlo, Eric.
Tienes que contárselo de una maldita vez.
–He venido porque...
Esperan a que encuentre el modo de terminar la frase.

El encargado de tomar nota de mi declaración le hace un leve gesto a su compañero para que no abra todavía la puerta. Están dispuestos a concederme, al menos, unos segundos.

Solo necesito eso.
Unos segundos más.
–He venido por...

En mi mente se suceden, crueles, todas las palabras con que podría terminar esa frase. Las verdaderas causas de que hoy, sin que ellos aún puedan saberlo, esté aquí:

Azar.
Destino.
Mala suerte.
Amistad.
Rencor.
Torpeza.
El Círculo.

Pero no digo nada de eso. Solo respiro hondo. Despacio. Intento recordar los ejercicios de relajación que he aprendido con Julia. Los mismos que, por otros motivos, me recomendaba Helena.

Ahora necesito serenarme.

Hacer callar el sonido de la ambulancia que sigue dando vueltas en mi cabeza.

Así que me esfuerzo por alejar de mí la imagen de ese cuerpo tendido sobre la calzada.

Sus miembros.
Rígidos.
El charco de sangre.
Creciente.
Y la expresión desencajada.

Siniestra.

Pero cuanto más me empeño en no verlo, con mayor detalle se dibuja todo ello en mi cabeza.

El silencio no piensa concederme ni siquiera un instante, así que cojo fuerzas y elijo las palabras precisas para decir, sin que las sombras me hagan enmudecer, lo que me ha traído hasta aquí.

Un hecho que, de algún modo, siento que abre todas las escenas de mi vida.

Un guion escrito por muchas y muy diferentes manos –las mías, las de quienes se cruzaron en mi camino– durante estos veinte años en que no esperaba que el argumento girase en la dirección en que lo hace esta madrugada.

En un lugar donde no sé si he decidido estar. Donde, por mucho que aún intente negármelo, era imposible que eligiese no estar.

Así que me pregunto cómo voy a lograr que el policía que me mira impaciente al otro lado de la pantalla entienda algo.

Cómo va a comprender quién soy yo. Quién es Tania. Y quién es la persona que yace en el suelo.

Cómo voy a explicarle algo de todo esto sin que sepa cómo fue a los nueve.

A los doce.

A los trece.

Y a los catorce.

Porque las huellas de lo que he sido son las cicatrices que dibujan la persona que soy ahora.

Cada herida que conseguí cerrar, aunque la vida, tenaz en el recuerdo, se esmere en abrirlas de nuevo.

El policía más joven me mira con algo que podría parecerse a la complicidad.

El más veterano, sin embargo, empieza a dar muestras de cansancio.

–¿Tienes algo que denunciar o no, chaval?

–Algo que confesar –matizo.

–Pues tú dirás.

Y abre las palmas de las manos a ambos lados del teclado como si quisiera dejar claro que no piensa perder conmigo ni un solo minuto más.

–Aquí estamos para ayudarte –apostilla el más joven, que quizá tenga un sexto sentido para detectar cuándo alguien necesita ayuda. Cuándo alguien, en este caso yo, está a punto de decir algo que tal vez merezca ser escuchado.

A ellos no se lo cuento.

No les describo esas escenas de todos los años que precedieron a esta madrugada.

Pero esas imágenes sí desfilan, una tras otra, en mi cabeza.

Así que me refugio en el único superpoder que –tenías razón, abuelo– me hace fuerte: mi verdad.

Junto las manos, las agarro con fuerza y, mientras en mi cabeza vuelve a surgir el recuerdo de un niño de nueve años que lleva puesta una camisa azul demasiado grande, al fin les digo lo único que necesito que apunten en su estúpido ordenador.

Lo único que hoy, ahora mismo, de verdad importa.

–Creo que acabo de matar a alguien.

1
LO QUE ~~NO~~ SUCEDIÓ ANTES

EL ABRAZO

El día que mi padre nos abandonó, yo llevaba una camisa suya.

Era una de esas tardes sofocantes de agosto, en medio de un verano que parecía que no iba a acabarse nunca.

–¿Hoy tampoco bajas? –me preguntó mi madre, empeñada en que me relacionase con los demás críos de la urbanización–. En la piscina seguro que se está bien.

Negué con la cabeza.

La piscina era uno de los lugares prohibidos. Resultaba imposible no verse en el reflejo de esa agua que parecía acusarme. Que me recordaba que había algo en mí que, a mis nueve, todavía no era capaz de expresar. Algo que no me atrevía a decir, aunque sabía que me molestaba. Y en el agua, en medio de ese azul cruel y transparente, era imposible esconderlo con las mismas tácticas que había aprendido a desarrollar, de manera inconsciente, fuera de ella.

–¿Estás segura, Alicia?

Entonces todavía respondía a mi *deadname* y, aunque no me reconocía en él, me dolía tanto escribirlo como ahora.

Ni siquiera se me había ocurrido aún elegir Eric.

Mi verdadero nombre vendría poco después, en casa del abuelo, gracias a una de esas historias que él me contaba –aquel amigo, aquella vez en que consiguieron huir juntos, aquellas revoluciones universitarias de las que ambos fueron parte en tiempos más oscuros– y que luego, cuando ya no estuviera junto a mí, tanto echaría de menos.

–Seguro que en la piscina estarías mucho mejor –mi madre es incansable cuando se le mete una idea en la cabeza.

–No me apetece.

–Tan cabezota como tu padre...

No sé en qué momento ellos dos decidieron rendirse, ni por qué pensé aquella tarde que era buena idea entrar en su dormitorio y coger una de sus camisas.

Elegí una azul, de un azul casi negro, mucho más intenso que el de la piscina a la que me negaba a bajar y en la que se oían las voces de decenas de niños con los que, de repente, se había vuelto más complicado saber cómo relacionarme.

Hacía tiempo que mi padre no se la ponía. Entonces aún era un hombre fuerte, bastante atlético –no sé cómo lo habrá tratado el tiempo en estos años: la última vez que nos vimos fue poco después de mi segundo ingreso–, aunque hacía demasiado que había dejado de entrenar y su cuerpo había iniciado una decadencia prematura con la que era fácil intuir que tampoco él se encontraba satisfecho.

En realidad, no había nada en nuestra familia que pareciera gustarle demasiado.

Ni nuestra casa.

Ni mi madre.

Ni las visitas de mi abuelo.

Ni yo.

Ni siquiera su propio cuerpo.

Tal vez por eso había dejado de mirarnos. De mirarse.

Nada de lo que hacíamos le importaba mucho.

Así que debí de imaginar que tampoco le molestaría que tomase prestada aquella camisa para uno de los juegos en que me creía director, actor, guionista y hasta escenógrafo al mismo tiempo. Había empezado a imitar una escena de *Wall-E*, que aquel año se había convertido en mi película favorita. Uno de mis muñecos, sentado a mi lado, era la robot Eva, y yo, el protagonista que trataba de conquistarla.

—Has salido a la abuela –se reía mi abuelo cuando me veía organizar mis muñecos como si fueran el reparto de un musical.

—¿En serio?

Y él, que todavía no me había hablado de Eric –de ese amigo al que yo transformaría en un mito hasta el punto de robarle su nombre–, me decía que sí, y me contaba alguna anécdota de los años en que aquella mujer que murió demasiado joven, y que yo jamás llegué a conocer, aún se paseaba por locales y tugurios donde, según me explicaba, interpretaba revista, zarzuela y algo de teatro clásico.

–Nunca fue buena en nada: ni cantando, ni bailando, ni actuando. Pero cuando tu abuela se subía a un escenario, nadie era capaz de apartar la mirada. Para mí, siempre fue la mejor.

Y cada vez que lo decía, se le iluminaba la expresión. Era la misma mirada con la que, cuando pensaba que yo no me daba cuenta, lo sorprendía observándome. Una mirada que solo encontraría, años después, en Tania.

Aquella camisa azul, casi negra, me quedaba muy grande. Me sobraban unos cinco centímetros en cada manga y el faldón bajaba tanto que llegaba a cubrirme las rodillas. Me miré en el espejo que había en la puerta de mi armario, un lugar que se había convertido poco a poco en uno de los rincones más siniestros de mi habitación, y sentí algo que entonces no supe explicar.

No tenía las palabras, a pesar de que mi madre insistía en que mi vocabulario era muy avanzando para mi edad –ese afán por convertirme en alguien excepcional–, pero sí era capaz de interpretar mis emociones.

Entonces se me quedó pequeño el lenguaje.

Hoy no.

Hoy sí puedo traducir lo que viví en ese mismo instante.

Porque lo que pasó se resume en una única acción.

En un único verbo: me reconocí.

Por eso, porque acababa de verme por primera vez debajo de una camisa que no era mía, supongo que no escuché las llaves girar en la cerradura.

Ni sentí sus pasos hasta mi habitación.

No me di cuenta de que mi padre ya estaba en casa hasta que entró en mi cuarto y me sorprendió en el momento más importante de mi vida.

El momento en que acababa de descubrir quién era.

Me miró.

Y no dijo nada.

Tampoco era necesario: la repugnancia que latía en sus ojos no precisaba ni una sola palabra que la acompañase.

Nunca sabré si se debió a la particular manía que le tenía a mis juegos teatrales.

O si, por un instante, solo por un instante, fue capaz de verme con la misma rotundidad con que lo había hecho yo.

Sentí una vergüenza abrumadora y lo miré con una candidez que hoy, de puro indefensa, me resulta estúpida.

Casi hiriente.

Me mantuve firme en mi ingenuidad –a lo mejor no le importa, a lo mejor él también lo sabía, a lo mejor me abraza– durante unos segundos.

Quizá fueran minutos.

Él permaneció inmóvil. De pie, junto al quicio de la puerta, observándome con severidad mientras yo me empeñaba en creer que aquella escena podría terminar bien. Con un final tan feliz como el de las películas de dibujos que me gustaban. Como el de los cuentos que mi madre e incluso él mismo me habían leído algunas noches cuando era más pequeño. Así que me quedé quieto, confiando en que aquello acabara con un gesto tan simple como un abrazo.

No sé cuánto tiempo estuvimos así. Tampoco recuerdo en qué momento me di cuenta de que lo que esperaba de mi padre era un imposible.

Lo único que sé es que aquel abrazo no llegó.

–¿Por qué te molesta todo lo que hago, papá?

Le habría preguntado mi yo de ahora.

–¿Por qué no me abrazas?

Habría querido preguntarle mi yo de entonces.

Pero ninguno de los dos habló.

Ni el Eric de hoy, porque todavía no había encontrado mi nombre: apenas acababa de encontrar mi mirada.

Ni el niño asustado de entonces, porque temía que ese abrazo no sucediera justo cuando más lo necesitaba: el mismo día en que por fin había entendido que todos llevaban años llamándolo de la forma equivocada.

–Quizá estuvo bien que pasara –intentó consolarme Tania la primera vez que se lo conté.

Fue durante una de esas tardes eternas que compartimos en el hospital donde nos encontramos. Uno de esos días en los que no pasaba nada y que aprovechábamos para llegar a conocernos mejor de lo que nadie nos había conocido jamás.

Su 3.º de ESO en un supuesto colegio de élite había resultado tan catastrófico como el mío, y los dos habíamos decidido que, cuando saliésemos de allí, buscaríamos un nuevo lugar para empezar. Y, a ser posible, juntos.

—Quizá lo mejor que podía suceder es que tu padre se diera cuenta lo antes posible —opinaba ella—, que se alejara inmediatamente de tu vida.

No estaba seguro de que tuviera razón, pero podía elegir entre torturarme por su ausencia o decidir que Tania acertaba: con su marcha había zanjado cualquier polémica posible antes de que esta pudiera estallar.

Hablarlo con ella, en medio de las sesiones de terapia, entre los continuos cambios de medicación, las normas sin final y las visitas de sus padres y de mi madre, fue una manera de recibir por fin el abrazo que aquel hombre me había negado.

Tania tiene ese don. Sabe acariciarme sin siquiera rozarme.

Nos conocimos en pleno «naufragio existencial», como se nos ocurrió llamarlo en adelante, y los dos decidimos empezar juntos 4.º en un lugar completamente diferente. Un sitio donde tuvimos la suerte de que, a pesar de la presencia de gente como Elías o Delia, también estaba Iván. Nuestro famoso Iván. El culpable de que acabáramos apuntándonos en una escuela de teatro de barrio donde había más voluntad que medios. A Tania también le habría gustado que la cogieran para una serie —incluso hicimos el *casting* de *Ángeles* juntos—, pero, aunque no ha tenido la suerte que yo, creo que no me envidia.

Al revés, me apoya.

Por eso fue la primera a la que le dije que me habían dicho que sí en ese *casting*.

Por eso es una de las pocas personas a las que he contado cómo fue aquel día de agosto de hace ya once años.

El día de la camisa azul casi negra que me llegaba por las rodillas.

El día que, por fin, pude conocer a quien pronto decidiría que se llamaba Eric.

El día que acabó con mi madre sentada en el sofá, con la música a todo volumen —siempre ha sido su modo de afrontar la rabia—, mientras mi padre acababa su maleta después de que ella, sin éxito, le hubiera pedido explicaciones.

–Lo he intentado.
Eso fue todo lo que él me dijo.
–Te aseguro que lo he intentado.
O lo que quizá le dijo a ella, aunque yo sentí que en ese preciso momento me estaba mirando a mí.
Al culpable de frustrar su intento de paternidad por su terca obstinación en no ser como habían determinado que fuera.
–No tiene nada que ver contigo –intentó convencerme mi madre cuando nos quedamos solos.
Y me lo repetía cuando atisbaba en mí una sombra de culpa. O cuando yo le preguntaba si nos había llamado. O cuando miraba el teléfono con la esperanza de que llegase un mensaje, un wasap, una maldita llamada.
Mi madre pasó meses diciéndome aquella mentira que confiaba en que, gracias a su reiteración, acabara convirtiéndose en verdad.
Pero nunca lo hizo.
Siempre sentí que esa puerta que se cerraba, que ese coche que vi arrancar bruscamente desde la ventana de mi habitación, que esa despedida sin abrazo tenía que ver conmigo.
Con lo que yo no había sabido concretar hasta esa tarde en que, por fin, poseía al menos una imagen a la que aferrarme.
Con lo que mi madre, como me confesaría mucho más tarde, había sabido desde que empecé a andar. A hablar. A comportarme como el niño que era y no como la niña que habían creído tener.
Con esa verdad que mi padre odiaba intuir y que, tras acusar a mi madre de alentar en mí ideas extravagantes –«La culpa es tuya, Olga, la culpa es solo tuya»–, no estaba dispuesto a reconocer.
–Lo he intentado –me dijo.
Puede que pensara que con su intento de mierda (¿cuánto tiempo había durado?, ¿cuántas veces pudo intentar nada en apenas nueve años?) cumplía con las expectativas que yo pudiera tener sobre él.
Debió de creer que así no le guardaría rencor.
Que no lo convertiría en uno de los fantasmas que llevo persiguiendo desde entonces, como si no necesitara encontrar otros abrazos que me hicieran olvidar por qué jamás llegué a recibir el suyo.
–Es lo mejor que te pudo pasar –insiste Tania.

Y cuando lo hace, cuando me dice que nuestras ausencias responden a un porqué, el caos resulta menos obvio, y la vida, un lugar casi razonable. O, por lo menos, menos hiriente.

Es una sensación pasajera, claro. Un alivio que dura tan poco como cualquier mentira.

–Hazme caso, Eric.

No respondo y ella, sin que yo se lo pida, me abraza.

En realidad, se abraza.

Nos abrazamos porque las ausencias duelen y nuestra presencia, que es una de las pocas que han resultado merecer la pena desde que nuestras vidas tuvieron la suerte de cruzarse, nos hace sentir algo más fuertes.

Ese momento, el instante en que me rompo a su lado y ella me ayuda a reconstruirme, es de los que nunca podrán ver mi millón de seguidores de Instagram.

Porque no admite filtros.

Ni *hashtags*.

Porque no se puede retransmitir en vivo la verdad. Y en mis redes, desde que todo pasó tan deprisa, solo hay espacio para las máscaras.

Para el éxito.

Y, a su manera, para la mentira.

La verdad no es lo que comparto con los extraños que me observan al otro lado de la pantalla, para «el *fandom* creciente y cada día más entusiasta» –como le gusta llamarlo a Hugo– de *Ángeles*, sino lo que vivo con quienes me conocieron antes.

Con quienes siento que nos conocemos desde siempre.

Como Tania.

Por eso no me sorprende ver su nombre en la pantalla de mi móvil mientras el oficial más joven me pregunta si necesito un vaso de agua.

–Sí, por favor.

Respondo con frases diminutas.

Ridículas.

Solo puedo contestar preguntas que exijan contestaciones sencillas, incapaz de comenzar el relato de los hechos que me han traído hasta aquí.

Como si volviera a estar frente a aquel espejo.

Con la camisa cubriendo mis rodillas.

Minúsculo y aún sin nombre ante la mirada de alguien que me escudriña con desconfianza.

Ese alguien hoy es un policía orondo y con calva incipiente, un hombre de la misma edad que entonces podría tener mi padre y que pide a su compañero que me traiga ese vaso de agua.

El oficial más joven parece mirarme con ganas de pronunciar unos consejos obvios que, finalmente, no se atreve a dar.

«Deberías tener un abogado a tu lado», piensa.

«No hables de más sin ser consciente de las consecuencias», teme.

Pero ignora que todo eso ya lo sé.

Ya lo he pensado.

Y he decidido que esta noche no quiero a nadie conmigo.

Solo necesito contar lo que ha ocurrido.

Porque si alguien se entera, acudirá Hugo.

Y no quiero aquí a mi representante.

Ni a la gente de la productora.

No quiero que vengan los que estarían dispuestos a hacer cualquier cosa para tapar la sangre, para que no se sepa que hoy estuve allí, en ese lugar que, cuando amanezca, será un titular más en los periódicos.

Tratarán de impedir que alguien intuya que uno de los actores jóvenes de moda, además de protagonista de una ficción de éxito, también lo es de un hecho turbio y macabro en la vida real.

Si es que algo de todo lo que ha pasado en esta noche, esta maldita noche de julio, puede ser real.

EL DIAGNÓSTICO

INFORME DE EVALUACIÓN PSICOLÓGICA

Por la psicóloga Helena García Presley (Col. CA0123347)
Perito Judicial en Diagnóstico y Evaluación
en Niños con Altas Capacidades

1. DATOS PERSONALES

Nombre: Eric Díez Sevilla*
Fecha de nacimiento: 28/06/2000
Edad: 12 años y 6 meses
Nivel de estudios: 2.º ESO

2. DATOS DE LA EVALUACIÓN PSICOLÓGICA

Profesional que la realiza

Helena García Presley, psicóloga clínica (Número de colegiada CA012334) y Perito Judicial en Diagnóstico y Evaluación en Niños con Altas Capacidades. Con despacho de Psicología en Madrid, donde se realiza la intervención.

---

* El nombre del paciente no figura como tal en ningún documento legal, pese a ser la identidad a la que responde y la única que admite como propia a lo largo de todo el proceso.

Motivo de la evaluación psicológica

Se realiza exploración e informe a petición de Eric y de su madre, Olga Sevilla Martínez, a fin de confirmar o descartar la posibilidad de altas capacidades.

Olga está convencida de que gran parte de las circunstancias adversas que, en los últimos cursos, han rodeado la vida escolar de su hijo pueden estar determinadas por este diagnóstico, al que considera que apuntan tanto su carácter inquieto como su predisposición intelectual y crítica ante la realidad que lo rodea.

Según su madre, su amplio dominio del léxico, su capacidad creativa y su tendencia a la invención de ficciones tanto a través de la palabra como de la expresión corporal son rasgos que lo han caracterizado desde una edad muy temprana, de modo mucho más pronunciado que en otros niños y niñas de su edad.

Ante la pregunta de si es posible que la disforia de género pueda ser la raíz de las dificultades y obstáculos experimentados a lo largo de su vida escolar, tanto Eric como su madre rechazan tanto el concepto de disforia, que Eric considera (y reproduzco literalmente) «ofensivo», como dicha posibilidad.

Se les sugiere abordar una terapia específica para esta situación, pero ambos inciden en que nos centremos, única y exclusivamente, en la aplicación de las siguientes pruebas, con el fin de analizar la capacidad intelectual de Eric y la posible relación entre esta y su rendimiento académico.

Las pruebas que se determina realizar son:

– Escala de inteligencia de Reynolds (RIAS).
– Test de inteligencia de Kaufman (K-BIT).
– Test del dibujo de la figura humana (DFH).
– Inventario de Problemas Interpersonales (IIP).
– Entrevista diagnóstica y observación directa.
– Cuestionario para padres de niños con Altas Capacidades.

3. RESULTADOS DE LAS PRUEBAS REALIZADAS

Tal y como intuía la madre del paciente, se observa que Eric posee un CI muy superior, en estos momentos de su desarrollo, a la media habitual entre los adolescentes de su misma edad.

Asimismo, las anécdotas que aporta Olga en el cuestionario *ad hoc* corroboran la precocidad y el talento del menor, de quien afirma que aprendió a leer con solo tres años y sin más ayuda que la compañía de su abuelo, con quien mantiene una relación de especial intimidad.

Su madre hace hincapié en su amplio dominio de un léxico inusual a su edad y en sus dotes creativas (vinculadas a la creación literaria, teatral e incluso musical), que llamaron la atención temprana de sus maestras en la etapa de Infantil y Primaria. Como documento, además, aporta la escritura de diversos relatos y la grabación de unas melodías sencillas compuestas e interpretadas por su hijo con apenas 7 años.

Los malos resultados académicos desde 1.º de ESO y los problemas conductuales de los últimos tres años de Primaria podrían explicarse por su elevado nivel de exigencia personal, el posible desaprovechamiento de sus destrezas artísticas e intelectuales y su dificultad para asimilar el tedio, la injusticia o la cotidianidad como elementos determinantes en su vida.

Las pruebas realizadas atestiguan tanto su dominio de la expresión escrita como su evidente sensibilidad artística, si bien ambas se ven limitadas por su intenso miedo a la exposición pública, lo que le lleva a reprimirlas y mantenerlas dentro de lo que podríamos denominar un perfil bajo, con el que intenta protegerse del juicio ajeno.

Sus problemas para asumir la autoridad en el aula y su intento constante de desafío a cuanto poder establecido se resiste a su voluntad serían, además, resultado de la dificultad de Eric para asimilar la realidad desde una perspectiva neutra y acrítica, ya que se observa en él un desajuste entre la inteligencia creativa y la capacidad de empatía que, apunta su madre, tal vez sí pueda hundir sus raíces en situaciones familiares complejas.

Ante las preguntas referentes a su padre, el paciente reacciona con un silencio hermético a pesar de que su madre intenta que aborden el tema, convencida de que la terapia puede ser beneficiosa en este caso. No se obtiene resultado concreto alguno y Eric se niega, en todo momento, a describir la relación con su padre, tanto en lo que atañe a sus recuerdos pasados como a su situación actual. Su obcecación, que se pone de manifiesto a menudo a lo largo de las diferentes sesiones, es otro de los rasgos sobresalientes de su carácter.

Al tratarse de un hecho que se desvía del objeto de la investigación, se les aconseja a ambos llevar a cabo esas sesiones de terapia familiar en un futuro, a lo que su hijo se niega sin dar razón alguna y con la firme convicción de que no desea abordar ese tema con nadie.

En diversas sesiones, Eric insiste en que lo único que le preocupa actualmente es poder inscribir oficialmente su nombre, algo que, salvo modificaciones legales, solo podrá hacer cuando alcance la mayoría de edad. Interrogado sobre este último punto, el paciente enumera situaciones en el aula en que el hecho de ser llamado por su «verdadero nombre», como se refiere siempre a Eric, le ha supuesto un problema ante la intolerancia de ciertos miembros de la comunidad educativa. De toda ella solo destaca un nombre: Laura, su maestra de Naturales desde 5.º, a quien considera el máximo apoyo que ha encontrado en sus años de Primaria.

Por último, tal y como se concluye de las pruebas realizadas (cuyos resultados se adjuntan como documento anexo a este informe), su sensibilidad y capacidad de reacción ante los estímulos externos son extraordinariamente elevados, de modo que sus expectativas ante cuanto lo rodea son tanto su mayor aliciente como su peor estímulo, pues corre el riesgo de desmotivarse con facilidad. Dicha desmotivación desemboca en una introversión defensiva con la que trata de protegerse, encerrado en su propio mundo interior, del entorno. En ocasiones, ese escudo puede dar lugar a actitudes fácilmente confundibles con la soberbia o la altivez, lo que dificulta sus relaciones sociales.

Asimismo, resulta muy significativa su resistencia a la frustración, rasgo que lo vuelve proclive a manifestar reacciones violentas frente a quienes se oponen a sus deseos inmediatos, ya que considera que dicha negación pone en duda su capacidad de juicio y les resta a sus decisiones la madurez que, pese a su edad, él mismo les presupone.

Se recomienda tanto a Eric como a su madre que, en lo posible, busquen el modo de potenciar sus dotes creativas y artísticas: poder realizarse a través de esos estímulos le permitirá abordar el día a día con mayor facilidad, así como limitar el estrés y la ansiedad que le provocan conceptos como la rutina y la monotonía.

4. DIAGNÓSTICO

Altas capacidades.

Se aconseja, por tanto, que se ofrezca en adelante una atención especial por parte del centro educativo que corresponda.

Madrid, 2 de diciembre de 2012
Fdo.: Helena García

EL DON

No sabía por qué ese diagnóstico era tan importante para mi madre.

Incluso llegué a creer que lo necesitaba para sentir que no había fracasado en todo.

Sobre todo, en las tardes en que podía adivinar cómo seguía pensando en mi padre. A su modo, creo que nunca –ni siquiera hoy– ha dejado de hacerlo.

Tampoco cuando me llevaba a casa de mi abuelo porque ella tenía planes.

Esos planes que jamás compartió y que cada vez hacían que regresara a casa con un perfume masculino nuevo.

Perfumes agrios.

Ásperos.

Perfumes de hombres que jamás tuvieron nombre propio ni presencia en una casa en la que se podía palpar el espacio vacío de quien se había marchado llevándose consigo, en aquella maleta, la esperanza de una felicidad que ahora resultaba tan remota.

Al menos, para ella.

Quizá por eso, cuando empecé a destacar en las clases de música y teatro a las que me apuntó después del instituto, ella decidió que había llegado el momento de demostrarse que en su vida sí había un amor que merecía la pena. Uno que no se marcharía tan raudo como aquellos de los que jamás me dio noticia, tratando de evitar que su catálogo de conocidos olvidables pudiese contaminar la vida de la única persona a la que pretendía proteger.

Porque mientras se buscaba sin llegar a encontrarse, necesitaba dar con algún motivo que justificase la guerra de cada curso con alguno de mis profesores:

—No lo llaméis así.
—Pero en su ficha pone...
—Es un error por un tema legal. Estamos en ello.
—Hasta que no se solucione, en el centro debemos llamarla...
—Por favor, llamadlo Eric.
—No podemos garantizar que todos los profesores quieran...
—¿A ellos les importa que mi hijo se llame Eric?
—Pero su hija...
—Mi hijo.
—Entienda que puede resultar confuso.
—¿Los demás niños no tienen también sus propios nombres?
—Por supuesto, pero...
—Pues si eso no les resulta confuso en su caso, tampoco debería serlo el mío.
—Es que en su impreso de matrícula...
—Me da igual lo que ponga en su impreso.
—Es un tema delicado...
—Imagínese que en su impreso de matrícula pusiera José María y él dijese que todo el mundo lo llama Chema. ¿Sus profesores no lo llamarían Chema?
—Sí, claro, pero hablamos de situaciones muy dif...
—Mi hijo se llama Eric. Es la única situación aquí. ¿Lo entiende? Eric.

No siempre era igual. Había gente con la que resultaba sencillo, como Laura. Gente con la que llegó a ser hasta bonito, como Iván. Gente con la que era imposible, como Delia. Y gente con la que se convertía en frustrante, como Elías.

Pasaba lo mismo que en el barrio, cuando me cruzaba con alguno de esos niños con los que nunca había compartido piscina y que habían llegado a la adolescencia en pandillas de las que yo, por supuesto, no formaba parte. Entre ellos también había quien me llamaba Eric. Y quien empleaba el nombre equivocado.

Los primeros lo hacían porque de verdad querían hablar conmigo.

Los segundos, solo para intentar hacerme daño e impedir, de paso, que yo les hablase.

En realidad, siempre he sospechado que lo que Helena, la rigurosa doctora García, interpretó como altas capacidades puede que no fuera más que mi recurso de supervivencia. Si dominaba el léxico, como ella apuntaba en su informe, era porque aprendí pronto que las palabras son un arma poderosa.

Que los pronombres queman.

Que los nombres importan.

Que los adjetivos duelen.

Aprendí antes que el resto de mis compañeros que tras las palabras se oculta todo un universo de posibilidades que puede iluminar la realidad con la misma fuerza con la que es capaz de oscurecerla. Hacernos desaparecer hasta volvernos nada, perdidos en letras que no nos pertenecen. En esa A final que marcaban con saña quienes creían que acosarme era divertido. En la O que dibujaban con cariño quienes intentaban apoyarme y demostrarme que veían a quien soy de verdad, no a quien los patrones ajenos me obligaban a ser.

Supongo que mi madre, cansada de batallar sola, decidió que esa lucha tenía que albergar un porqué.

Su hijo no podía ser diferente si, además de eso, no era especial.

Lo segundo justificaba lo primero. Lo volvía relevante. Y más aún, soportable. Además, eso es lo que te dicen en todas partes: que el *bullying* te hace fuerte. Que te vuelve más creativo. Que al final triunfas.

Ya, seguro...

O no.

Hace poco, Hugo me llamó para proponerme que interviniera en una de esas campañas publicitarias.

Incluso quisieron pagarme (y mucho) por hacerlo.

Solo tenía que ponerme ante una cámara y resumir mi experiencia.

—Porque a ti te habrán acosado —dio por sentado mi representante en un comentario que, de puro tránsfobo, ni quise contestar.

Y lo peor no fue eso.

Lo peor era el final del anuncio.

—Tienes que hablar con tu yo adolescente —me explicaron en la reunión que mantuvimos con la agencia de comunicación—. Queremos que le mires a los ojos y le digas que todo pasa.

Me costó controlar el asco que me produjeron las palabras del tipo que, enfundado en su traje italiano de marca, me proponía semejante idiotez desde la mesa de su despacho.

–No sé cómo puedo mirar a los ojos a mi yo adolescente. Y, aunque lo supiera, no pienso decirle ni a él ni a nadie algo que no es verdad.

A Hugo le pareció que mi reacción había sido demasiado intempestiva. Así la llamó, «intempestiva». Quizá porque él no había vivido nunca lo que yo. Ni lo que vivió Tania. Si lo hubiera hecho, habría entendido que asegurar que «todo pasa» era poco menos que un insulto para quien lo estuviera soportando.

–¿Crees que seríamos tan amigos si no fuéramos dos perdedores? –me había preguntado Tania al poco de conocernos.

–No somos perdedores –le respondí sin ninguna confianza en lo que le estaba diciendo.

–¿Ah, no?

No recuerdo si me lo preguntó con incredulidad o con rabia. Lo que sí recuerdo es que fue esa mañana cuando me confesó, al fin, cuál fue el detonante que terminó con ella en aquella habitación de hospital. El momento exacto en que se había dado cuenta de que le habían hecho una fotografía en los baños de su colegio y la habían colgado en redes, viralizándola deprisa junto con un texto tan lamentable como la persona que lo había escrito.

–Los perdedores son ellos, Tania. Por eso no nos soportan, porque les jode que no nos importe. Que no queramos ser como son. Brillamos demasiado.

–Ya... Pues a veces me gustaría no brillar tanto.

–Fue ese tipo, ¿verdad? –le pregunté–. Ese gracioso del que me hablaste.

–Y tan gracioso... Su sentido del humor consiste en escoger a alguien que le caiga mal y convertirlo en su diana. Y yo no le he hecho nada. Te lo seguro. Pero me odia... Cristian me odia.

Un odio que había durado todo 2.º y parte de 3.º y que, a pesar de la intervención de Jefatura, nadie logró que cesara del todo. Solo, según me describió Tania, cambió su forma. Pasó de las fotos virales a los encontronazos casuales (que, por supuesto, nunca lo eran) en el patio. En los pasillos. En cuentas anónimas que enviaban mensajes con los que lograron que ella acabara cerrando parte de sus redes y creando otras que, tan pronto como eran descubiertas por Cristian y su séquito de esbirros, volvían a llenarse de mierda. Hasta cuatro *nicks* diferentes llegó a tener en un mismo curso. Cuatro intentos de alejarse de quienes aprendieron pronto cómo camuflarse para seguir atormentándola.

–No pienso hacerlo, Hugo.
Si no hubiera conocido la historia de Tania, si no supiera hasta dónde la había llevado aquel infierno, quizá habría reaccionado de otro modo. O tal vez no. Tal vez mis propias experiencias habrían sido suficientes para mandar a ese publicista a la mierda.
Así que me levanté y salí de allí dejando con la palabra en la boca a aquel tipo estirado que no tenía ni idea de lo que estaba hablando.
Aquel tipo que solo quería que la marca de su cadena quedara asociada con una causa noble.
El *bullying*.
Todo el mundo se cree que puede hablar de eso.
Que lo sabe contar.
Que basta con un par de mensajes bonitos y unas cuantas fotos de libro de autoayuda para acabar con esa pesadilla.
Que te pueden soltar un cuento, una moraleja, un anuncio estúpido, un vídeo en el que te hablan como si fueras imbécil y te dicen que acosar es malo, que respetar es bueno y que, por si no te has dado cuenta, el tiempo pasa y lo cura todo.
Eso es lo peor.
Cuando te repiten lo de que el tiempo pasa.
Pero al tipo del traje italiano no me molesté en explicárselo.
Para qué... Ni siquiera me habría escuchado. No iba a permitir que un niñato como yo arruinara su búsqueda de la que iba a ser la causa de su nueva temporada televisiva.
Su gran causa.
–Es una buena oportunidad, Eric... –me insistió Hugo cuando salimos de la reunión.
–¿De qué, Hugo? –en mi cabeza, la verdad de Tania. Los *nicks* de Tania. Las pastillas de Tania. La confesión de Tania. Las veces en que, por culpa de gente como Cristian, se había roto Tania.
–De afianzar tu imagen. Necesitamos asociarte con un concepto.

—¿Y?
—Esta campaña es la ocasión para conseguirlo.
—Soy actor.
—Muy joven.
—¿Eso es malo?
—Eso es un hecho.
—No necesito asociarme a nada. No soy un cartel publicitario andante, Hugo. Soy un artista.

«En ocasiones, ese escudo puede dar lugar a actitudes fácilmente confundibles con la soberbia o la altivez, lo que dificulta sus relaciones sociales».

Llegué a memorizar cada palabra de aquel maldito informe... Quizá por eso hay veces en que no puedo dejar de escucharlo, como si fuera una voz en *off* que me replica a cuanto digo, pienso y hago.

—Baja a la tierra, Eric —yo no estaba dispuesto a hacerlo, pero Hugo se encargó de lograrlo—. ¿Crees que tienes algo seguro? ¿Eso piensas? Porque lo único que sé es que en cuanto pase el éxito de *Ángeles*, y ya te digo yo que pasará, no tenemos ni idea de qué vamos a hacer contigo... De cada serie hay uno, dos o, con mucha suerte, tres actores nuevos que sobreviven, pero el resto caen devorados por sus personajes. En cuanto mueren estos, ellos ya no interesan. ¿O eres tan ingenuo que no te has dado cuenta? Hay miles como tú. Miles con tu edad. Con tu formación. Con tus ganas. Así que o empiezas a diferenciarte del resto o acabarás en el olvido. Lo que estás viviendo ahora mismo es solo una burbuja. Cojonuda, sí, pero una burbuja.

Por mucho que detestase lo que me estaba diciendo, Hugo tenía razón.

—¿Lo entiendes, Eric? —en su mirada creí encontrar una preocupación sincera. A veces no sé si soy para él una mercancía o si de verdad hay una conexión emocional entre ambos—. Aunque seas muy joven, deberías comprenderlo.

Sabía que llevaba razón.

Pero no estaba dispuesto a dársela.

«Su obcecación, que se pone de manifiesto a menudo a lo largo de las diferentes sesiones, es otro de los rasgos sobresalientes de su carácter».

—No voy a diferenciarme de los demás por soltar chorradas.

–Ayudarías a mucha gente.
–¿Mintiendo?
–Solo tienes que contarles que todo pasa.
Como si eso fuera verdad.
Como si yo no guardara rencor a quienes decían mi *deadname* con saña.
Como si Tania no siguiera teniendo ataques de ansiedad cuando escuchaba el nombre de Cristian. Como si su autoestima no se hubiera quedado agrietada para siempre desde que unos cuantos animales decidieron rompérsela sin más motivo que no ser como todos, porque era demasiado tímida, o demasiado poco delgada, o demasiado pelirroja, o demasiado pecosa, o demasiado ella.
–Pero es que eso es una mierda –me defendí–. Las cosas pasan o no pasan, Hugo, pero cuando terminan, no se van. Se quedan, puedes estar seguro. La gente que te ha jodido la vida sigue ahí, en tu cabeza. Y los ves riéndose de ti cuando caminas. Cuando avanzas. Hasta cuando maduras. Yo los veo. Antes de un estreno o de una entrevista. Antes de una reunión como la de hoy. Los sigo viendo. Y eso no me ha hecho más fuerte. Ni más creativo. Eso, lo único que ha conseguido es que no sepa cómo quitarme esta maldita inseguridad de encima.
Hugo, por un segundo, no dijo nada.
–¿Lo entiendes? –le devolví su pregunta y, de paso, mi incomodidad–. Porque, aunque no seas muy joven, deberías comprenderlo.
Me miró con una mezcla de desolación (por lo perdido) y de intento de empatía (por lo escuchado).
–Como quieras... –accedió–. Pero seguimos necesitando un concepto.

Mi madre, supongo, también necesitaba otro.
Su propio concepto.
Y por eso fuimos a la consulta de la doctora García, para confirmar que su hijo no solo era diferente: su hijo era especial.
Como si la diferencia fuera algo que solo me perteneciera a mí.
Como si la rareza no fuera el único rasgo que nos une a todos.
La rareza de la mujer que busca, entre cuerpos de los que solo conserva el perfume, al único hombre del que una vez estuvo enamorada.

La rareza del tipo que guarda toda su vida en una maleta en una sola tarde.

La rareza de quien «trata de protegerse, encerrado en su propio mundo interior» (gracias por su diagnóstico, doctora García) porque ha aprendido pronto cuánto daño pueden infligirle las palabras ajenas.

Aún recuerdo el brillo en la mirada de mi madre cuando recogió aquel informe y agradeció que alguien, por fin, le diera la razón.

En ese momento, mientras ella sentía que todo era algo más lógico, incluso más sencillo de lo que lo había sido hasta entonces, supe que caía sobre mí una nueva losa.

Otra etiqueta.

Mi madre, a su manera, esperaba de mí un don.

Y aquel informe, del que le hizo llegar a mi padre una copia que ni siquiera sé si llegaría a leer, era la certeza de que el mío sí existía: yo tenía un don.

Aunque no lo quisiera.

SÁBADO, 13 DE JULIO
02:17 a. m.

−¿Se puede saber qué haces, Eric?

Hugo acaba de llegar y está desencajado. Da vueltas furioso por la sala en la que nos han permitido que entremos juntos después de que haya irrumpido como una furia en el despacho donde empezaban a tomarme declaración.

−¿Me quieres contestar de una vez?

Lanza sus llaves con rabia sobre la mesa en un gesto con el que pretende descargar la violencia que lo invade. Si eso fuera posible, me zarandearía. O incluso me abofetearía. Me trataría como al pelele que a veces siento que quiere que sea y en el que no pienso consentir que me convierta.

−Deberías buscarte otro repre −me aconsejó Tania cuando los presenté en la fiesta.

−Este es el mejor.

−Eso es lo que dice él... Pero tú y yo sabemos que hay muchos más.

−No puedes juzgar a alguien a quien acabas de conocer.

−Recuerda que soy muy intuitiva...

−¿Qué pasa? ¿Que tienes poderes o qué?

−Igualita que Eleven −y se rio de ese modo tan contagioso con el que logra que yo también lo haga.

−Hugo fue quien me consiguió el papel.

Tania negó con la cabeza. La encontraba preciosa aquella noche −en realidad, siempre he pensado que lo es−, a pesar de que hubiera estado a punto de darle plantón solo unos minutos antes porque, según ponía en su wasap, no se veía bien con nada. «No querrás aparecer en tu primer gran evento público con una gorda al lado», añadió. «Lo único que sé», le respondí, «es que no pienso aparecer allí si no voy de la mano de mi mejor amiga».

–El papel, Eric, lo conseguiste tú –insistió.

–Pero cuando la productora se enteró de que Hugo era mi repre, se interesaron más. Estas cosas funcionan así: ellos querían a Rex y Hugo los convenció de que si lo contrataban a él, que era el famoso, también tenían que cogerme a mí, aunque fuera un don nadie.

–Eso es lo que tú te dices, Eric. Te lo repites para no dar el paso y largarte. Pero sabes que podrías estar en otro sitio. En una agencia mejor, una que sí tenga algo que ver contigo. Con lo que eres. Este tío te vendería a cambio de lo que fuera...

«Con lo que eres».

Cuando Tania dice cosas así, me descoloca. Debe de ser que tantos años a la defensiva han desarrollado en mí una suspicacia que hace que cualquier alusión a lo que soy, o a cómo soy, abra una pequeña grieta de incertidumbre que ella, por suerte, no tarda en deshacer.

–¿Y qué soy, Tania?

Me conoce demasiado bien como para caer en según qué trampas, así que también aquella noche dio con la respuesta correcta. O con la menos mala.

–Un tío honesto, joder. Eso es lo que tú eres.

Hugo no le cae bien. Lo decidió en aquella fiesta en la que, en realidad, el único que le gustó aparte de mí fue Rex.

Ya se habían conocido durante el taller que la productora había propuesto a modo de *casting*, pero entonces apenas hablaron. Incluso parecía sentarle mal que él y yo, por el hecho de compartir representante, nos hubiésemos acercado.

La noche de la fiesta, sin embargo, Tania no dejó de hablar con él. De reírse con él. Ese día Rex estaba deslumbrante, con ese rollo medio de galán clásico, medio de superhéroe cachas que logra que todas –y todos– vayan detrás de él. Entonces comenzó una relación que no iba a traernos, a ninguno de los tres, nada bueno.

–Ese tío mola... –me dijo cuando ya nos volvíamos a casa–. Y eso que yo pensaba que era un estirado.

–¿Pero tú no tenías una intuición que no fallaba nunca?

Y Tania, de nuevo, se rio. De algún modo, éramos felices. O creíamos que lo éramos. Esta comisaría quedaba aún muy lejos. Ese cuerpo agonizando sobre el asfalto, también...

Era la noche de la presentación del rodaje *Ángeles* en el Capitol, el cine por el que había pasado mil veces cuando era un crío y donde jamás había imaginado que alguna vez vería mi imagen. Y, mejor aún, mi nombre. Mi abuelo habría estado tan orgulloso... Aún no intuíamos que estábamos a punto de rodar un éxito internacional que nos cambiaría la vida a todos sus protagonistas, solo que aquella producción iba a ser real y eso, en un mundo donde todo es tan frágil como el del cine, era un logro que había que celebrar.

Rex, en aquel momento, ya era conocido, al igual que Selene, nuestra coprotagonista, y la gran mayoría del reparto adulto. Cuando era niño había salido en unas cuantas series infantiles y se había convertido en uno de los habituales de todo tipo de programas. Unas cuantas sesiones fotográficas luciendo abdominales en ciertas publicaciones *online* y canales de YouTube hicieron el resto.

Por eso mi madre estaba tan radiante. Porque al verme junto a gente que, gracias a la fama, sí tenía nombre propio, sentía que llevaba razón en ese don que ella había creído ver y que, en realidad, tenía más que ver con el azar que con un informe psicológico que, por momentos, había conseguido amargarme la vida. La losa de la lucidez, como la llamé un día con Julia. La losa de mi maldita lucidez.

Sin embargo, lo que mi madre confundía con el éxito no era más que el resultado de dejar sin respuesta un montón de preguntas incómodas como la de cuánta gente podría estar en mi lugar, cuántos actores tan buenos como yo (o mejores) habrían sido rechazados para ese mismo personaje, o cuántas series fracasan o no tienen la repercusión que está teniendo *Ángeles*.

Interrogarme me ayuda a mantener los pies en el suelo.

Es fácil olvidarse de quién eres cuando te conviertes en alguien a quien la gente puede ver desde fuera, como si tú estuvieras en una pecera transparente.

Cuando esa misma gente cree que conoce tu vida –aunque no tenga ni idea de tu verdad– porque te sigue en redes.

Porque ve tus *stories*.

Porque da «Me gusta» a todas tus publicaciones.

Pero allí solo sonríes.

Solo brindas «para celebrar la vida».

He llegado a odiar esa frase. Y eso que la he dicho más de una vez. Hasta la escribí en uno de esos relatos que mi madre me obligaba –perdón: ella diría «impulsaba»– a componer cada vez que había un certamen literario en el colegio.

Odio que me impongan la felicidad.

Odio que no me dejen ni siquiera el derecho a estar triste. A estar perdido. A estar desorientado.

Odio que personas que no me conocen me escriban mensajes fingiendo conocerme.

Que interpreten mis acciones y les den un significado.

Que crean que estoy bien o estoy mal por lo que publico o dejo de publicar en Twitter.

Que haya quien no puede dejar ni uno solo de mis *posts* sin comentar, como si necesitara saber siempre su opinión. Como si no tuviera derecho a vomitar lo que siento sin que a nadie le importe. Sin que lo juzguen.

Me agobian.

Me anulan.

Me despersonalizan.

Y me agotan.

–Hugo juega a eso... –siguió insistiendo Tania cuando, después de aquella fiesta, volvimos a quedar y le hablé de la campaña contra el *bullying* que me había ofrecido protagonizar–. Él no quiere un actor, Eric. Hugo quiere una estrella.

–Lo sé, Tania. Pero hay algo en lo que tiene razón.

–¿En qué?

–Si no te ven, no existes.

–Pero es que a ti ya te ven: ven tu trabajo. ¿Por qué deberían ver nada más?

–Forma parte de este oficio. La exposición pública va en el *pack*.

–No digas gilipolleces. Solo va si tú quieres que vaya.

–Ya te darás cuenta cuando...

–¿Cuando salga de la mierda?

–No iba a decir eso.

–Ya. Pero a veces lo piensas. Crees que mis consejos valen menos porque todavía lo estoy intentando. Yo soy alguien que quiere ser actriz. Y tú, que llevas dos minutos en esto, ya eres un consagrado.

–No te rayes, en serio. No iba por ahí...

–Lo siento –la disculpa de Tania sonaba sincera. A veces le costaba no ser ácida: bastante difícil resultaba asimilar el éxito de su mejor amigo como propio sin que eso le supusiera recordar, día tras día, lo que no estaba logrando. Quizá por eso aquella tarde la noté más distante que la noche de la fiesta. Más distante, en realidad, de lo que lo había estado nunca.

–Además, en esas redes de las que hablas, tampoco muestro tanto...

–Pero es que ese Eric que muestras no eres tú. O no del todo.

–Mejor, ¿no? Así el Eric que soy de verdad me lo reservo para quienes me conocéis.

–Eso es lo malo.

–¿El qué?

–Que a veces no sé si te conozco... A veces ya no sé si eres la máscara que te has inventado o mi mejor amigo.

–Con Rex no parece que te moleste tanto.

No debí decir aquello.

Lo sé.

Pero su reproche me había dolido de verdad.

–¿Eso a qué viene?

–Habéis quedado un par de veces desde la fiesta, ¿no? –Tania asintió–. Pues él tampoco es el mismo fuera que dentro de las redes. Y tiene más seguidores que yo...

–Pero a él no lo puedo comparar. A Rex lo he conocido siendo Rex. Ni siquiera sé cuál es su verdadero nombre.

Intenté morderme la lengua. Lo intenté. De veras que lo intenté.

–¿Y no será que...?

Me callé... Pero tarde.

–¿No será qué, Eric?

Tania había podido interpretar mi silencio. Eso es lo mejor y, a la vez, lo más peligroso que tenemos nosotros dos: no necesitamos hablar para comprendernos.

–Nada, olvídalo. Es una idiotez.

Ladeó la cabeza: aunque yo no las hubiera pronunciado, Tania había sido capaz de escuchar todas las palabras que no había dicho.

Supo que había estado a punto de sugerir que quizá el problema no fuera Hugo, ni Rex, ni lo que muestro o dejo de mostrar en mis redes.

Quizá el problema era que a ella le habría gustado estar en mi lugar.

Que su prueba, ya que nos habíamos presentado juntos al mismo *casting*, hubiera salido mejor.

Que en los cinco días que duró la experiencia del taller se hubieran fijado en ella con la misma atención con que Úrsula, la jefa de *casting*, me había mirado a mí.

Que el papel que hace Selene, una actriz muy por debajo de su talento pero con muchos más seguidores en su cuenta de Instagram, hoy fuera suyo.

No llegué a pronunciar la palabra prohibida, pero ella sí consiguió oírla.

Envidia.

—Perdona, Tania. No quería decir que...

—Ya.

—En serio, solo es que estoy cansado. Tengo mucha presión... De verdad, Tania, no tiene importancia.

Se levantó dispuesta a marcharse.

—Lo malo, Eric, es que sí que la tiene.

Creo que fue la primera vez que discutimos de verdad. Y eso que todavía no podíamos siquiera intuir todo lo que iba ocurrir después. La pesadilla que iba a venir después...

Hugo me pide que me calle.

—¿Sabes que te juegas tu continuidad en la serie? —coge de nuevo las llaves y las agita con furia frente a mi cara, como si, ahora que ya ha se ha aburrido de golpear con ellas sobre la mesa, estuviera a punto de tirármelas—. ¿Eso lo entiendes?

Asiento y, a pesar de que posiblemente esté viviendo una de las peores noches de toda mi vida, casi tengo que contener una carcajada amarga ante la paradoja que supondría para el público la noticia de que en *Ángeles* haya un actor que acaba de quitarle la vida a alguien.

Alguien cuya identidad aún no le he confesado a nadie y cuyo nombre hará que Hugo pierda, definitivamente, los nervios.

—Con lo que me tuve que esforzar para que te cogieran. Como si no fueras ya bastante especialito, joder...

El subtexto de su «especialito», con ese diminutivo innecesario, me resulta nauseabundo. Pero no me siento capaz de replicarle. Quizá porque estoy en territorio enemigo. O porque esta noche no soy dueño de lo que sucede a mi alrededor. O porque no me importa nada de lo que alguien como él, en este momento de mi vida, pueda decirme.

Podría contestarle que me cogieron porque valgo.

Porque soy bueno.

Porque cuando mi padre dio ese portazo no se dio cuenta de que dejaba atrás a un chico que merecía mucho la pena.

Un chico que consiguió superar aquel estúpido 3.º de ESO a pesar del primer ingreso.

Que logró el título en 4.º a pesar del segundo.

Que acabó el Bachillerato aunque intentaran llenarle la cabeza de datos que no le importaban, mientras el alma se le vaciaba de sueños que solo la interpretación le permitía hacer reales.

Y esa certeza, la de que *Ángeles* no es solo una carambola, sino el inicio de un camino que le da sentido a los años que he dejado atrás, es la que me hace seguir callado mientras Hugo me grita.

Me reprende.

Me amenaza.

Algo en mí se arrepiente de estar a punto de perder esa oportunidad que me ha dado la vida y que no creo tener «por ser especialito», aunque a mi representante se le caliente la boca y sus prejuicios, esos que disimula solo porque le soy rentable, le hagan pensar que sí.

–¿Sabes lo que habría pasado si no te saco de ahí y te dejo que sigas hablando con el poli ese? ¿Lo sabes?

Niego con la cabeza.

No lo sé, pero puedo imaginármelo.

Unas esposas.

Un juez de guardia.

Un calabozo.

Una llamada a casa.

–Mamá...

Y ella levantándose de la cama y corriendo hasta aquí mientras se pregunta en qué momento comenzó a pudrirse todo.

–¿Quién te ha avisado, Hugo?

–En cuanto han metido tu nombre en ese ordenador ha saltado el mío. ¿Te crees que eres el primer actor que me da problemas? Hace tiempo que no contrato a nadie sin asegurarme de que voy a saberlo todo sobre él: dónde duerme, dónde come y, si hace falta, hasta dónde mea.

Cuando se enfada tiende a ser ordinario. Procaz. Es uno de los adjetivos que, cuando hice aquellos test, sorprendieron a la doctora García y que aún hoy uso a menudo cuando alguien dice algo que no me gusta. Aunque no venga a cuento. Hay palabras que empleo solo porque descolocan a quienes nos escuchan. Y «procaz» es una de ellas.

Lo que Hugo no me dice es que seguramente conozca a alguien que, a su vez, conoce a alguien que conoce a otro alguien más. Que tiene gente que le avisa si surge algo grave porque cuenta con los contactos oportunos o, quién sabe, hasta con los sobres necesarios.

Está claro que le han pasado el soplo desde esta comisaría y, como él dice, quizá no sea la primera vez. Aunque puede que los escándalos anteriores resultaran más simples. Una pelea en un garito. O una situación incómoda en una gira. Pero nada que ver con esto. Nada que ver con alguien que lucha por su vida, que tal vez haya muerto ya en algún hospital de esta ciudad.

Nuevo golpe con las llaves sobre la mesa.

–No sé cómo, pero esto lo vamos a solucionar –la respiración agitada de Hugo niega la serenidad que se esfuerza por infundir a sus palabras–. Vamos a salir de aquí como si no hubiera sucedido nada, Eric. Tienes mi palabra.

Marca un número en su móvil y avisa a alguien para que se presente aquí de inmediato.

–Enseguida viene.

Ni siquiera pregunto de quién se trata. Tengo la sensación de que no importa que lo haga o que deje de hacerlo. Esta noche he dejado de ser dueño de cuanto sucede a mi alrededor.

Se abre la puerta: es el oficial más joven (¿será él quien le ha dado el soplo?). De su gesto, más adusto que cuando he llegado, deduzco que no trae buenas noticias.

–Acaban de confirmárnoslo.

No lo digas.

Por favor.

No digas que ha muerto.

–Según los datos que nos han dado los servicios de Urgencias, podría ser la persona de quien nos ibas a hablar antes, Eric.

Sé que vas a hacerlo, pero no lo digas.

No quiero que lo digas.

–Han llamado desde el hospital.

Intento no escuchar.

Cierro los ojos, como si eso impidiera que sus palabras llegaran hasta mí.

Aún no estoy preparado para asumir que esta pesadilla es real.

–Sigue en estado crítico.

Respiro aliviado.

–Sin embargo, nos han avisado de que el equipo del SAMUR no ha encontrado allí una sola víctima.

–¿Cómo? –Hugo no es capaz de asimilar lo que acabamos de oír.

–Han encontrado dos.

2
LO QUE (SÍ) SUCEDIÓ

EL ~~PEOR~~ MEJOR VERANO DE MI VIDA

Tenía doce años el verano en que mi madre me dejó en casa del abuelo.

—No puedo decir que no a este trabajo. Lo entiendes, ¿verdad?

Cuando me dio la noticia, debí de mirarla con una tristeza de la que no fui consciente o que ella malinterpretó, porque pocas cosas me hacían más feliz que quedarme con ese hombre con el que sentía que podía ser con mayor libertad que con el resto. Pero mi madre, aunque en ningún momento le exigí que lo hiciera, no dudó en justificarse.

—Ya sabes que no nos sobra el dinero —¿De verdad era necesario insistir en eso?—. Entre mi sueldo y lo poco que nos pasa tu padre, apenas llega...

No puse objeciones. En primer lugar, porque pensé que aquellos meses con mi abuelo podrían no ser una mala idea. Y, además, porque con doce años entiendes el mundo con mucha mayor claridad de la que los adultos que nos rodean quieren hacernos creer. Y de la que nosotros mismos recordamos, supongo.

Así que, sin que tuviera que explicármelo, entendía que mi padre estaba aún más lejos que nunca, sobre todo desde que había formado su nueva familia. Una en la que acababa de tener una hija («una de verdad», me contó mi madre que le había dicho) y con la que, poco a poco, fue borrando su silueta de mi vida.

También entendía que mi madre no tenía tanta necesidad de dinero como intentaba hacerme creer. Nunca nos sobró ni un euro, pero la nuestra no era una situación más desesperada que la de la mayoría de gente que vivía en nuestro barrio. Entonces me habría limitado a calificarla de normal, pero ahora supongo que podría describirla como miseria asumida y reconvertida, por obra y gracia del conformismo, en reluciente e irreal clase media (a la doctora García le habría gustado esto).

Y entendía, sobre todo, que lo que necesitaba era tomarse ese verano para ella. Alejarse de mí, de mis problemas en clase, de sus impresiones sobre mi presente, de sus dudas sobre mi pasado y hasta de sus expectativas sobre mi futuro.

De los boletines de calificaciones deficientes, de las notas en mi agenda, de las llamadas de mis maestras porque «le pasa algo», «no atiende en clase», «interactúa mal con sus compañeros». De que esos mismos compañeros me llamaran por el nombre equivocado no solían decir nada. De que alguno me hubiera grafiteado un «*freak*» (que para algo era un centro bilingüe) en la mochila, tampoco.

Y necesitaba alejarse, también, de aquellos hombres –los de los perfumes agrios– con quienes, creyendo que yo no me enteraba, intentaba llenar noches que la hacían sentirse, a la mañana siguiente, tan sola como antes.

Necesitaba esos meses para no olvidarse de sí misma. Para no perderse entre el fantasma de la mujer a quien le habían roto el corazón hacía tres años y el de la madre a quien le resultaba imposible entenderme tan bien como le habría gustado. O como, aunque eso nunca se lo haya dicho, yo habría necesitado.

Me dejó en casa de mi abuelo con el único propósito de huir de todo, para recuperar lo poco de sí misma que creía mantener a salvo. Justo lo que la vida familiar, con todos los interrogantes que abría en ella lo que a mi madre le dio por llamar «mi singularidad», le estaba arrebatando.

Eso no me lo confesó nunca.

Ni siquiera cuando regresó de aquellos meses –iban a ser tres, pero al final se convirtieron casi en cinco– trabajando fuera y me propuso ir a una psicóloga porque una compañera le había dicho que su hijo (¿o le diría su hija?) podía tener altas capacidades.

–A lo mejor Julia sabe de eso –propuse.

–Julia es una buena amiga de tu abuelo, pero... –negó con un gesto con el que dejaba clara su falta de confianza en ella.

–Es psicóloga. Y me escucha bien.

–Necesitamos que sepa hacer algo más que eso...

–Escuchar bien no es fácil.

–Lo sé... Pero no basta.

Y entonces fue cuando me contó que a otra hija de una amiga suya le pasaba lo mismo que a mí, que también era muy crítica desde pequeña (¿yo lo era?) y que, según le había contado la doctora García —la especialista con quien había consultado y a la que había decidido llevarme—, el fracaso escolar no era más que su respuesta a un entorno poco estimulante.

A mi madre le gustó aquella frase («la respuesta a un entorno poco estimulante») y empezó a utilizarla con frecuencia cada vez que mis penosos resultados académicos estaban a punto de desanimarla.

Mi respuesta a su sugerencia, sin embargo, no la encajó con el mismo entusiasmo.

—En cuanto podamos iremos a verla, Alicia.

—Ya no... —creí que sería más fácil decirlo en voz alta, tal y como lo había ensayado con Julia y el abuelo—. Ya no me llamo...

No salió a la primera.

Y, por un segundo, hasta me arrepentí de haberle dicho que no al abuelo cuando me ofreció estar a mi lado en el momento en que decidiera contárselo a mi madre.

—Lo sabe mejor de lo que siempre lo he sabido yo... Pero ella es como es —me advirtió—. Puede resultar casi tan testaruda como tú.

Le di las gracias, aunque sabía que era algo que debía hacer yo solo.

Y necesitaba, cómo lo necesitaba, que aquella conversación saliera bien.

Así que, a la segunda, sí que lo dije.

—Ya no me llamo así.

—¿Ah, no?

Mi madre omitió la pregunta: no era necesaria.

Prefirió callársela para —eso lo entendí mucho después— ganar tiempo y asimilar que su intuición, esa que siempre tuvo y que había provocado que nunca acabase de sentirse a gusto junto a mí, era verdadera. Pero ella sabía, los dos sabíamos, que en el momento en que dijese mi nombre en voz alta ya no habría vuelta atrás.

—No, mamá... Ya no.

Permaneció callada.

Imagino que prefería no hablar a decir algo que pudiera resultar hiriente.

—Me llamo Eric.

Me sonrió con una expresión en la que no sé si había más ternura o inquietud y, sin hablar, me acercó hacia ella y me abrazó.

Fue un abrazo muy largo.

Profundo.

Uno de esos abrazos en los que el cuerpo sustituye al lenguaje porque es la única manera en que somos capaces de decirnos.

Y el mío, con el que ese mismo verano ya había empezado mi propia guerra, se aferró al suyo.

Imagino que en su cabeza desfilaron todos los momentos en que lo había intuido, la tarde de la camisa azul casi negra incluida, al igual que mi memoria fue atravesada por todos los instantes en que habría deseado saber cómo contárselo.

En ese momento creí que mi madre al fin lo había entendido todo.

Que ella era la respuesta. Y mi padre, el obstáculo.

Que ella era el sí del mismo modo que mi padre, el no.

Que no habría una sola piedra más en el camino.

Pero me equivocaba.

Durante aquel verano había comprobado que mi abuelo no era un hombre muy locuaz, pero sí muy risueño. Uno de esos tipos a los que la vida les ha dado tantas patadas que conocen bien el valor de una simple sonrisa.

No le gustaba demasiado hablar de aquellos tiempos. De ese pasado en que otros parecían encontrar la fuerza, aunque fuera en forma de rencor, para seguir en pie. Por eso sé que el Círculo, el maldito Círculo que tiene la culpa de todo lo que ha sucedido esta noche, le habría horrorizado tanto como a mí...

Era yo quien tenía que insistirle para que me contara cómo fue aquella vez que estuvo en la cárcel. Ese día en que, por culpa de haber participado en una manifestación contra la censura en la Universidad, acabó detenido y en comisaría, compartiendo celda con otro joven de su edad y soportando a un tipo que intentó hacerles confesar a golpes los nombres de los organizadores de la protesta.

–¿De verdad quieres que te cuente eso?

–Sí, abuelo. Por favor.

Esta comisaría en la que estoy ahora no se parece en nada a la que él me describía cuando accedía a mis ruegos.

Aquí hay una máquina de café.

Un salón angosto, pero dotado de cierta privacidad, donde Hugo y yo esperamos a que vuelvan a llamarnos.

Un oficial joven de ojos azules que va y viene continuamente y que, no sé por qué, me inspira cierta confianza.

Y móviles desde los que avisar a quienes puedan ayudarnos antes de que todo acabe de la peor manera posible.

Entonces no había nada de eso, supongo.

Y mi abuelo me lo contaba con naturalidad, sin engrandecerse. Sin convertir en épicas esas noches que pasó encerrado con aquel otro joven, tan revolucionario como él, en una celda de la que no sabía si iba a salir con vida.

–Pero tu abuela...

Y ahí se le iluminaba la cara. Cuando hablaba de ella, siempre se dibujaba una sonrisa en sus ojos.

–Nunca hubo nada que tu abuela no pudiera conseguir. Fue ella la que dio con nosotros. Conmigo y con Eric –aquella fue la primera vez que escuché el que iba a ser mi nombre–. Ojalá hubieras podido conocerla...

Me habría gustado, pensé mientras él me mostraba fotografías antiguas de esas que yo no voy a tener, porque mi memoria está encerrada en los miles de imágenes de la galería del móvil.

A veces siento envidia.

Es raro.

Pero me pregunto cómo sería la vida cuando era de papel.

Cuando estaba hecha de fotografías impresas.

De cartas escritas a mano.

De llamadas desde cabinas de teléfono.

A mi abuelo sí le gustaba hablar de eso. Del mundo que habitó y que, decía, se había perdido para siempre.

–Tu madre ya no lo conoció... Ella cree que sí, pero solo fue durante unos años. Después, ya no. Es otra como tú. Otra *millenial* de esas.

Me hacía reír cuando usaba esas palabras que parecía que no le pertenecieran.

Y él lo sabía.

Ese verano hizo cuanto pudo por forzar esas risas, porque fue justo el momento en que sucedió todo.

El momento en que despertó Eric.

Y en el que, como si no se resignara a su muerte, me golpeó con más fuerza Alicia.

Recuerdo la fecha exacta del ataque.
El 6 de julio.
Julio —esta madrugada es la prueba— siempre ha sido un mal mes en mi vida.
Un mes pésimo.
Apenas acababa de instalarme. Mi madre se había ido el 2 y yo ni siquiera había acabado de acomodarme en la habitación que ocuparía en casa de mi abuelo.
Desde mi llegada me había encontrado mal, como si estuviera incubando una enfermedad que no acertaba a descubrir. Pero no dije nada. No quería que mi madre subiese a aquel avión preocupada. Era su momento y sentí que no tenía derecho a estropearlo.
Bastantes días le había arruinado ya...
Ella no lo dijo nunca, pero a veces, en alguna de esas cenas donde apenas éramos capaces de cruzar unas palabras, creo que sí lo pensaba.
—No se ha ido por tu culpa —me decía, como si así pudiera espantar sus propios pensamientos o ayudar a que se alejasen los míos.
Esa era la versión oficial, pero el simple hecho de que me lo repitiese tanto me hacía creer que, en el fondo de su corazón, siempre creyó que sí.
—Tu padre no se ha ido por tu culpa.
Y esa palabra, culpa, se instaló en mi vida como un acompañante más. Sustituyendo a los amigos invisibles que tienen otros niños y que, en mi caso, se convirtieron en dos siluetas con la mirada condenatoria de mi padre y el silencio melancólico de mi madre.
Así que cuando se fue no le dije que me encontraba mal. Ni siquiera la llamé ese 6 de julio al comprobar que mi malestar no era, como esperaba, una indigestión, ni un resfriado veraniego, ni nada que se fuera a pasar tan rápido como me habría gustado.
Sabía lo que iba a ocurrir. Laura, la de Naturales, nos lo había explicado ese mismo curso.
Y, cuando lo hizo, me miraba especialmente a mí.
—Si quieres que hablemos... —me sugirió un día.

No parecía una mala idea. A fin de cuentas, ella era una de las pocas que parecían entenderme.

Entonces no era oficial.

No lo había dicho aún.

Las discusiones entre mi madre y mis profesores llegarían a partir de 2.º de ESO. En el primer impreso de matrícula donde me atreví a poner Eric antes de que un señor con cejas muy anchas y mirada muy gris lo tachara, al comprobar que no era el mismo nombre que figuraba en mi DNI.

Ahí fue cuando empecé a pelear por que me vieran. Pero antes, no.

Cuando Laura me daba clase, aún estaba en los días en que solo quería que no me viesen.

Me daba miedo hablar y hacerme daño. Sentía que cada vez que abría la boca, corría el riesgo de que alguien cruzara una puerta desde la que pudiera golpearme.

Si no hablo, no me ven.

Si no digo, no estoy.

Si no me pongo en pie, no podrán derribarme.

No sé de dónde saqué aquellas ideas, pero mi deseo de ser invisible vivió dentro de mí todo el tiempo que duró la Primaria. Y ni siquiera las palabras de Laura consiguieron anularlo, aunque las memorizara y se convirtieran en un territorio donde refugiarme unos años después.

–Cuando pase, eso no cambiará quién eres –me dijo en un recreo en el que me había pedido que la ayudase a colgar unos murales en el aula–. ¿Lo entiendes?

En aquel momento, la verdad es que no.

Mi cuerpo aún no se había convertido en un problema.

No habían aparecido las curvas.

Ni se había desarrollado el pecho que intentaría ocultar bajo camisetas anchas primero y con la ayuda de un *binder*, después.

Pero, sobre todo, no había ocurrido lo que empezó a pasar aquel 6 de julio.

El primer día que tuve la regla.

Aquel verano fue el ~~mejor~~ peor de mi vida porque empecé a odiar cuanto me convertía ante los demás en una duda que ellos se creían con derecho a resolver por sí mismos.

El verano en que sentí que utilizar el masculino para hablar de mí provocaba sonrisas sarcásticas en algunos vecinos.

El verano en que la ropa no me quedaba como lo hacía antes.

El verano en que juré que no volvería nunca más a la piscina.

El verano en que le mandé un wasap a mi madre para pedirle que, a su regreso, quitara el espejo de mi cuarto.

El verano en que no quería verme, sino imaginarme, porque mi reflejo cada vez se parecía menos a mi idea de mí mismo.

El verano en que, aunque lo busqué, no encontré ni un solo libro ni una sola novela que hablase de mí.

El verano en que odié, por primera vez desde que tenía conciencia, la lectura.

El verano en que me sentí solo.

El verano en que me pregunté si aquello solo me estaba pasando a mí.

El verano en que cogí una cuchilla antigua, de las que mi abuelo todavía usaba para arreglarse la barba, y la escondí en el que se había convertido en mi cuarto.

El verano en que, cuando la realidad dolía demasiado, intentaba contrarrestar esa ansiedad con un corte pequeño. Imperceptible. Primero, en el muslo derecho. Muy arriba. Casi pegado a la ingle. Donde la cicatriz quedara oculta también bajo mis pantalones cortos. Luego, unos días más tarde, en el muslo izquierdo. Justo ahí, muy arriba. En el mismo lugar.

Pero aquel verano también fue el ~~peor~~ mejor de mi vida porque fue el que compartí con mi abuelo.

El verano en que me sorprendió llorando en mi habitación y se sentó a mi lado, sin preguntar siquiera qué me pasaba, solo para que me supiese acompañado.

El verano en que, gracias a sus historias y en memoria de su amigo revolucionario, decidí que mi nombre real era Eric.

El verano en que, a pesar de mis precauciones, se dio cuenta de que me pasaba algo y no dudó en llamar a Julia, una psicóloga hija de un viejo amigo suyo, para poner fin a esos cortes.

El verano en que conocí a Julia, que fue la primera que supo explicarme que mi identidad no residía en una simple definición biológica. Ni, mucho menos, en un burdo esquema genital.

El verano en que aprendí que yo era Eric porque lo sentía así. Porque mi abuelo jamás dudó de que lo fuera. Porque Julia me ayudó a entender que no había nada malo en serlo.

El verano en que Julia me pidió que apuntara en un cuaderno frases que entonces no tenían demasiado sentido y que, años después, serían el arma que empuñaría para quienes se atrevieran a cuestionar mi realidad.

«Te dirán que has nacido en un cuerpo equivocado. Incluso puede que te lo digan con cariño. Como si eso justificara algo».

El verano en que mi abuelo y yo vimos juntos *Capitán América*, *El origen del planeta de los simios* y *Super 8*.

«Pero tu cuerpo no es equivocado, Eric; tu cuerpo es solo el tuyo».

El verano en que, cuando alguien del barrio reaccionaba con malicia al oír mi auténtico nombre, mi abuelo les respondía con un «Tengo el nieto más guapo del mundo» que me hacía sentir un orgullo profundo e inmenso.

El verano en que, mientras los dos nos poníamos ciegos de palomitas y cocacola, sentía que a su lado, cada vez que él decía mi nombre, este se hacía más grande. Menos borroso.

–Esta noche nos vamos otra vez al cine, Eric.
–¿Te ha gustado la peli, Eric?
–Acércame las palomitas, Eric.
–No se te ocurra hacerme un *spoiler* de esos, Eric.
–Te voy a echar de menos cuando vuelva tu madre, Eric.

«Tu identidad es tuya. Te pertenece solo a ti».

El verano en que supe que alguien lograba verme tal y como yo era de verdad.

«¿Comprendes lo que intento decirte, Eric?».

El verano en que, por primera vez, tuve una respuesta sencilla a esa pregunta:

Sí.

EL ARMARIO

—¿Te has vuelto loco? —le gritó mi madre.
—Creo que le vendría bien —intentó defenderse mi abuelo.
—No pienso hacerlo.
—Escúchame: Julia opina...
—Ya salió.
—Déjame terminar.
—Es que no me importa lo más mínimo lo que opine Julia. ¿No te das cuenta?
—Por favor, Olga...
—¿Sabes qué creo, papá? A veces creo que habrías preferido tener una hija como ella.
—No digas tonterías.
—Desde que la conociste es como si hubieras perdido la cabeza. Julia dice esto, Julia opina lo otro... ¡Por favor! ¿Qué pasa? ¿Que tiene la verdad absoluta sobre nuestra vida?
—Su padre y yo éramos muy buenos amigos. Y ella me ha ayudado mucho... Tenerla de vecina me hace sentirme menos solo.
—Genial... ¿Ahora también vas a reprocharme eso?
—No te estoy reprochando nada.
—Claro que sí. Pero da lo mismo. No pienso sumar otra discusión más.
—¿Por qué no podemos intentarlo?
—¿Y tú por qué conviertes en ley todo lo que Julia te dice?
—Porque sabe de lo que habla. Esto es tan nuevo para ti como para mí.
—Ya, lo que pasa es que tú no eres su padre.
—No, claro que no... Yo soy su abuelo.
—No lo vamos a hacer. Lo siento mucho.
—Olga, escúchame...
—He dicho que no. ¿Todavía no te ha quedado claro?

–Pero, hija...
–Ya tienes mi última palabra en este tema, papá.
–Olga...
–Y mi última palabra aquí es un no.

El día que mi madre y mi abuelo discutieron por mí fue un día extraño.

Uno de esos que pasaba encerrado en mi cuarto porque no me atrevía a salir de él, consciente de que, cuando lo hiciera, podría desvanecerse lo que dentro de aquella habitación sí era real.

Había conseguido ocultar en la caja de los juguetes algunas prendas de mi padre: camisetas viejas, pantalones gastados, cosas que él había estado a punto de tirar y que, a escondidas, yo rescataba y convertía en lo que, durante un tiempo, mi madre quiso creer que eran mis disfraces.

Pero nunca lo fueron.

Por eso había días como aquel en que me era mucho más sencillo quedarme allí, encerrado en el cuarto donde nadie podía mirarme. Ni opinar sobre mí. Ni –cómo lo odiaba cuando lo hacían– acribillarme con preguntas que ni quería ni sabía contestar.

Aquella vez mi abuelo se marchó de allí con una negativa. Vino a mi cuarto, me dio un beso y me susurró al oído una de nuestras frases favoritas:

–Tranquilo, Eric. La Resistencia siempre gana.

No sé de dónde la habíamos sacado.

A veces creo que de *Star Wars*, aunque no recuerdo en toda la saga ninguna cita exactamente así.

Puede que la inventáramos juntos. Que naciera comentando alguna de esas películas que veíamos en su casa cuando mi madre me dejaba con él y mi abuelo me educaba en el que, según él, era el mejor cine de aventuras del último tercio del siglo XX.

–El de los ochenta no tiene rival, en serio. Ni siquiera las películas de cuando yo era un chaval. Hazme caso.

No sé en qué momento mi abuelo había llegado a ser más joven que toda la gente que lo rodeaba, lo que hacía que su realidad se pareciese muchísimo a la mía. Su edad biológica le asignaba una identidad que no tenía nada que ver con su edad sentida. Por eso, quizá, sabía entenderme tan bien.

–La Resistencia siempre gana –se despidió.

Y supe que eso significaba que iba a haber un segundo asalto. Y que mi abuelo volvería a la carga con más argumentos, ya fueran suyos o de Julia, para convencer a mi madre de que se equivocaba.

–¿Otra vez con eso, papá?

La nueva discusión, que tuvo lugar solo una semana después de la primera, fue diferente.

Mi abuelo contaba con más armas: traía un informe escrito, cómo no, por Julia en el que describía los beneficios de la acción propuesta.

Y mi madre estaba agotada de su última lucha con mi padre por el dinero que debía pasarnos cada mes, una cuestión que se había agravado desde que había empezado a construir la nueva familia con la que olvidar el fracaso de su intento anterior.

–Por favor, Olga, vamos a hacerlo...

–No vas a ceder, ¿verdad, papá? –la voz de mi madre dejaba entrever una mínima inseguridad. Había una duda al final de sus palabras, y mi abuelo, que la conocía mejor que nadie, se aferró a ella con todas sus ganas.

–Estoy mayor, hija... No sé cuánto me queda y, la verdad, me gustaría irme con la conciencia lo más tranquila posible.

–Eso es chantaje. Un chantaje cutre y lamentable... Y lo sabes.

–Pues claro que lo sé –confesó.

A mi abuelo le hacía gracia bromear con su propia muerte. En realidad, siempre tuvo un sentido del humor peculiar. Muy negro. Tanto como para hacer chistes sobre temas que otros considerarían de mal gusto, pero que a él, lejos de entristecerlo, lo liberaban.

–Sé que la vida es apenas esto... –me respondió una vez que le pregunté por qué hablaba tanto de la muerte–. Un tiempo que corre por delante de nosotros hasta que se nos escapa para siempre. Así que no tiene sentido lamentarse. Mejor hacer lo que podamos mientras sigamos moviéndonos. ¿No te parece?

Asentí y me propuso comprar unos helados para ver *Cuenta conmigo*, que se convertiría en una de nuestras películas favoritas. Y, a pesar del tiempo que ha pasado, aún hoy sigue siéndolo.

–¿Entonces, Olga?

Mi madre guardó silencio durante unos segundos.

Era evidente que mi abuelo había ganado la batalla. No porque la hubiera convencido (o quizá sí, puede que el informe de Julia –que nunca me dejaron leer– también hubiese ayudado), sino porque la última bronca con mi padre la había dejado tan exhausta que era incapaz de afrontar otra discusión más.

–¿Tiene que ser ahora?

Fue todo lo que preguntó.

–¿Y por qué no?

–Porque creo que me va a doler, papá.

–Lo sé, hija. Lo sé. Por eso prefiero estar contigo cuando lo hagamos.

Lo siguiente que pasó lo recuerdo como si fuera un sueño.

Uno de esos en los que vives algo que tienes tantas ganas de que ocurra que podrías llorar de felicidad.

Mi madre también lloró, aunque no con la alegría con que, cada vez que me da por recordar esa tarde, soy capaz de hacerlo yo.

Para ella, aquel momento suponía una despedida.

Una muerte.

El inicio de un tiempo de luto.

Estaba diciendo adiós a la hija que creía haber tenido.

La hija que le dijeron que había nacido cuando dio a luz.

La hija que, en realidad, jamás había existido.

Así que tuvo que ser mi abuelo quien comenzara con el ritual.

Él abrió mi armario.

Él sacó las perchas.

Él tiró al suelo las primeras prendas.

Él me invitó a sumarme y a hacer lo mismo con toda mi ropa.

Y ella, incapaz de reaccionar, se quedó quieta junto a nosotros durante unos minutos.

Nos miraba.

No decía nada... Solo miraba.

–Venga, Eric, ayúdame –me pidió el abuelo.

Y llenamos el cuarto con una montaña de ropa que tuvimos que meter en seis bolsas distintas.

Mientras vaciábamos el armario, pasé por diferentes estados: el desconcierto (¿de verdad vamos a hacer esto?), el miedo (¿en serio que puedo hacer esto?), la tristeza (¿por qué hemos tardado tanto en hacer esto?) y la euforia (¡al fin estoy haciendo esto!).

No sé cuántas de esas fases atravesó mi madre, aunque sospecho que aquella tarde le resultó imposible abandonar un estado de incomprensión y de tristeza en el que no se admitía más equipaje que aquellas seis bolsas. Seis gigantescas bolsas donde habíamos enterrado a la persona que no era yo.

–Y ahora –mi abuelo fue quien guio toda la operación–, ¡nos vamos de compras!

Igual que en los sueños, donde cuesta recordarlo todo de manera ordenada, tampoco en este caso sé bien qué pasó justo después.

No estoy seguro de si fuimos los tres.

De si solo me acompañó mi abuelo.

De cuántas tiendas vimos.

O de cuánta ropa me compré.

De toda esa tarde solo tengo una imagen.

Es en un probador.

Estoy en una tienda pequeña, del barrio.

Una tienda en la que, cuando le hemos preguntado por la sección masculina, la vendedora nos ha mirado con extrañeza.

No, peor aún: nos ha mirado mal.

Pero no importa.

Hoy eso no me importa.

Aunque poco después, cuando esté a punto de suspenderlo todo, conoceré a la doctora García, una reputada psicóloga que insistirá en mi «miedo a la exposición pública».

Pero esa tarde solo sé que me miré en aquel espejo y me gusté.

Que me repetí, mentalmente, las palabras de mi abuelo.

–La Resistencia siempre gana.

Y que cambiamos seis bolsas de ropa llenas de pasado por un par de bolsas llenas de presente.

Ojalá hubiera sido posible huir de todo lo que vendría después.

Los dos ingresos.

El infierno con Tania.

Las sospechas.

El Círculo.

(¿Sabrá ya algo de eso la policía?)

El accidente que acaba siendo un asesinato.

Y esta maldita noche.

Pero entonces no había modo de imaginar nada de todo eso.

Allí, en aquel probador de una tienda cualquiera de barrio, pensé por un segundo que lo más difícil ya había terminado.

Lo que no sabía era que, en realidad, todo estaba a punto de comenzar.

SÁBADO, 13 DE JULIO
02:44 a. m.

–¿Rex?
Incapaz de serenarse, Hugo no deja de dar vueltas como un perro rabioso por esta sala que, cada minuto que pasa, parece más minúscula.
–¿Eres consciente de lo que significa esto, Eric?
No respondo.
Porque lo cierto es que sí lo soy, aunque confieso que me gustaría no serlo.
–¿Rex? –sigue sin dar crédito–. ¿El tío que han encontrado medio muerto es nuestro Rex?

–Tiene tirón –me dijo él mismo cuando le pregunté por qué había decidido llamarse así–. Reinaldo es demasiado vulgar. No me ha gustado nunca.
Aquella frase tuvo la culpa de todo.
Si su nombre no le hubiera supuesto un problema, puede que Rex no hubiera despertado mi curiosidad cuando nos conocimos en aquel taller.
Que no hubiera sentido la tentación de decirle que a mí, aunque por otros motivos, también me sucedía algo similar.
No habría surgido una risa cómplice. Ni un diálogo breve pero amistoso. Ni habríamos quedado después del primer día de rodaje para tomar algo.
–Somos los únicos que no pasan de los cuarenta por aquí, ¿te has dado cuenta?
–Nosotros y Selene.
–Eso: nosotros y Selene.
Por eso, porque apenas había papeles para gente de nuestra edad, me parecía tan increíble que hubiéramos sido los elegidos.

En una serie con protagonistas adolescentes habría sido más lógico, porque el número de personajes que cubrir y, por tanto, de actores jóvenes necesarios habría sido mucho mayor.

Pero en este caso... Recordé con Rex lo que me costó creer que la llamada con que me comunicaron que entraba en la serie era real.

—Estaba seguro de que era un *fake*...

—Igual que yo, Eric. Oye, por cierto, ¿te puedo hacer una pregunta?

Mierda.

Odio cuando alguien me dice eso.

El momento en que me piden permiso para interrogarme es siempre el inicio de una conversación donde todo lo que va a surgir es incómodo, molesto y, por supuesto, innecesario.

—¿Cuál era tu nombre antes?

Empezamos bien...

Si luego viene la de «¿Y te vas a operar?», ya puedo cantar bingo.

—Ese no era mi nombre.

—Bueno, ya, pero de algún modo te llamarían.

—Es que no me llamaban a mí... Llamaban a alguien que nunca he sido yo.

—Vamos, que no me lo vas a decir...

Y no se lo dije.

—¿Te has cargado a tu compañero en *Ángeles*? ¿Eso es lo que ha pasado, Eric?

Intento responderle a Hugo que no ha sido exactamente así, pero no logro pronunciar una sola palabra.

Puedo contarle toda la verdad —aunque eso supone hablarle del Círculo— u ofrecerle la versión que tenía preparada para la policía, pero dudo que cualquiera de ellas le guste lo más mínimo.

—Eso es porque aún estás en shock, Eric —me diría Julia.

¿Lo estoy?

—Es normal —seguiría.

¿De verdad lo es?

—Necesitas respirar.

Lo intento...

—¡Que me contestes de una vez, joder! —Hugo me saca a gritos de mi ensimismamiento.

Asiento con dificultad y él, definitivamente, pierde los estribos. Se lanza contra la mesa que hay en el centro de la sala y tira al suelo de un manotazo todas las revistas que se hallan sobre ella. El estruendo que provocan al caer hace que el oficial joven se asome para comprobar si ha sucedido algo.

–Cuando estéis listos... –nos apremia–. El inspector acaba de llegar.

Hugo mira el móvil antes de responder.

–En diez minutos estará aquí.

–¿Quién?

–Su abogada.

El policía me mira ahora solo a mí:

–Si no fuera así, tendrías que entrar a declarar igualmente. Después de los últimos hallazgos no podemos permitir que te vayas sin que lo hayas hecho. Lo entiendes, ¿verdad?

Pienso que me gustaría saber su nombre. Que quizá me resultaría más fácil dirigirme a él si supiera cómo se llama. Si no fuera solo un uniforme y una placa, alguien que parece hablarme con una delicadeza insólita en este lugar y, desde luego, muy alejada de la exasperación que manifiesta mi representante.

–Cinco minutos –apostilla Hugo, que acaba de recibir un wasap de quien sea que está de camino–. Solo cinco minutos.

–De acuerdo.

El oficial se marcha y Hugo clava en mí su mirada sin decir una sola palabra más.

Quiere una explicación.

Quiere que enumere los hechos que han terminado con Rex y conmigo en una calle solitaria esta noche de julio.

Sobre la una de la madrugada.

Sin nadie más alrededor.

Quiere que le explique cómo es posible que Rex, una de las estrellas de su agencia, se encuentre entre la vida y la muerte en un hospital a unos metros de aquí.

Y, sobre todo, quiere que le diga que yo no he tenido nada que ver con lo sucedido.

Que solo he venido aquí corriendo a causa del pánico.

Que me he culpado de algo que no he hecho porque me ha afectado tanto ver su cuerpo agonizante en el suelo que he necesitado buscar ayuda.

Que he mentido a la policía y saldremos de este lugar sin que nadie ponga en duda mi inocencia.

Y con ella, la continuidad de una de las series de moda.

Y los ingresos de la productora.

Y de su agencia.

Si su versión es verdad, todos ganan.

Pero su versión no incluye lo que sí suma la mía. Lo que debería poder explicarle para que me entendiese y supiese cómo he acabado esta noche en esta comisaría del centro. Los pasos que he dado. Los que no llegué a dar... Hugo carece de paciencia para que le cuente eso. Hugo no va a entender qué tiene que ver lo que recuerdo de mis nueve con lo que acabo de hacer a los veinte. Como si la vida se pudiera resumir en una noche. Como si todo no fuera parte de un mismo relato.

–Respira, Eric –me insistiría Julia–. Escucha a tu cuerpo...

Lo cierto es que se parecía un poco a Laura, la maestra de Naturales que me vio antes de que yo mismo aprendiese a mirarme.

Las dos eran altas, esbeltas, con la melena larga y rizada.

Las dos tenían los ojos muy oscuros y el cabello castaño.

O quizá no.

Quizá no se parecían en nada, aunque hayan acabado siendo la misma persona en mi memoria. Porque puede que sea yo quien ha configurado su retrato a partir de sus palabras y no de sus imágenes. A lo mejor es eso. A lo mejor es que no recordamos a quienes están en nuestra vida por sus rasgos, sino por lo que nos aportaron en el momento en que aparecieron en ella.

Por eso, en mi cabeza, las dos tienen la misma expresión amable.

Serena.

Laura y Julia son ese mar en calma donde no parece posible la tempestad. Donde, cuando fue necesario, pude refugiarme.

Esta madrugada me gustaría tenerlas junto a mí.

Y les pediría que hablasen con mi madre para contarle este horror que yo no voy a saber explicarle.

Que ya no sé explicarme.

–A ti te escucha, Julia –le dije en uno de los momentos más determinantes de mi vida, a mis catorce, cuando mi madre decidió convertirse en el «no» que nunca pensé que sería–. A ti te escucha...

Hoy también me vendría bien que lo hiciera.

Que Julia hablara.

Que le explicara a Hugo que, por mucho que se empeñe en negarlo, mi culpa es real.

Que he sido yo quien ha estado a punto de matar a Rex.

Que quizá lo haya logrado.

No sabemos si saldrá o no del coma... Maldita sea.

¿Por qué he tenido que meterme en esta mierda?

¿Por qué no fingí no saber nada sobre Rex, ni sobre el Círculo, ni sobre lo que allí estaba sucediendo?

¿Por qué no puedo ser el individualista que Hugo querría que fuera?

–Esto es una pesadilla... Eric, por favor, entra en razón.

Hugo vuelve a coger su móvil y busca en él uno de sus contactos.

–Valeria, sí, soy yo... Ya, ya sé qué horas son... Por favor, escúchame, es urgente...

Solo soy capaz de captar retazos de su monólogo, pues apenas deja que Valeria, la jefa de comunicación de la productora, diga una sola palabra. Será ella quien deba manejar con los medios la noticia del ataque a Rex.

–Es importante evitar el morbo... Sabes cómo van a tratar esto...

Imagino titulares. Fotografías. Vídeos recreando la escena.

–Claro, claro que he avisado a una abogada. A la mejor de todas.

¿Harán dramatizaciones con actores?

–Por supuesto, Valeria... Debe de estar a punto de llegar.

La miseria moral llenando la pantalla.

Interpretándonos.

–No, mejor que no sepas más por el momento. Así te será menos difícil callar cuando te pregunten. En cuanto pueda darte datos más concretos, te aseguro que lo haré.

Me pregunto si el nombre de la primera víctima ya habrá llegado a la redacción de algún medio. Y si la policía tardará mucho en facilitarnos el nombre de la segunda.

De la víctima que, de eso sí estoy seguro, no he matado yo.

–Ante todo, hay que negar que lo que le ha sucedido a Rex esté vinculado con ningún aspecto relativo a la serie... Sí, claro, es esencial que esto no nos salpique... –la pregunta que, al otro lado, le plantea Valeria hace que Hugo me dirija una mirada inyectada en rabia–. No, todavía no se sabe exactamente qué ha pasado.

En cuanto los medios hablen, la noticia se pondrá a circular. Y, desde ese instante, ya a nadie le importará que los hechos sean confusos. Ni siquiera que sean falsos.

No dejes que la verdad te estropee un titular.

Ni una *story*.

Puede que Rex llene las capturas de Instagram de los fanes de la serie.

Que mi nombre aparezca pronto asociado al suyo.

–Si hay alguna novedad, me avisas. Y nada de hacer más declaraciones de las estrictamente necesarias, Valeria. De momento, lo esencial es frenar esto. Mañana habrá que empezar con un plan de contención si queremos evitar que nos desborde...

Solo hay algo de ese (hipotético) desbordamiento que de verdad me angustia.

En realidad, se trata de alguien.

Así que no le pido permiso a Hugo.

Ni siquiera me lo planteo: solo lo hago.

Tania no se habrá podido dormir aún.

Incluso se le habrá pasado por la cabeza compartir lo que sabe –lo que los dos sabemos– acerca de esta noche.

Así que lo único que me preocupa es que vea mi wasap. Que lo lea cuanto antes y haga exactamente lo que le pido en él.

Tan solo son seis palabras:

«Pase lo que pase, no vengas».

3
LO QUE ~~NO~~ DEBIÓ SUCEDER

EL ESPEJO

El día de su entierro, me negué a vestirme de negro.
Mi madre pretendía que me disfrazara con un jersey estúpido y una chaqueta más estúpida todavía.
–¡Es el funeral de tu abuelo!
Y tras gritarme sin que me lo mereciera, porque sabía tan bien como yo que aquel jersey no era causa suficiente, rompió a llorar.
Puede que pasaran cinco, diez, quince minutos.
No lo recuerdo.
Era un llanto incontenible, como si, por primera vez en mucho tiempo, se hubiese dado permiso para derramar todas las lágrimas que se había tragado hasta entonces.
Me esforcé por vencer mi resistencia al contacto físico –esa misma que aún hoy sigue acompañándome–, me acerqué a ella y dejé que llorase sobre mi hombro, intentando decirle que por fin me había dado cuenta de que sus silencios no eran su manera de culparme, sino su intento de protegerme.
Supongo que mi madre creía que si yo no podía asomarme a su dolor, este no llegaría a contaminarme, aunque eso había creado una distancia entre los dos que cada vez resultaba más difícil de romper.
Por suerte, al final cedió y pude ponerme la camiseta con el cartel de *Super 8* que me había regalado él mismo.

–Sé que te ha gustado, Eric –me dijo mi abuelo cuando salíamos del cine–. Y eso que, en realidad, es un refrito. Cuando veamos en casa las originales de los ochenta en que se basa, alucinarás.
Era divertido escucharle usando ese lenguaje casi adolescente.
Quizá esa era su verdadera edad y por eso podía entenderme tan bien. Porque él hacía mucho que sabía que el retrato biológico no es más que otra imposición.
«Un constructo cultural», como los llama Julia.

–¿Te cae bien? –me preguntó la primera vez que me llevó a verla.

–Usa palabras extrañas –«constructo», siete años después, me lo sigue pareciendo–. Pero sí. Solo espero haberle caído bien yo...

–Mi nieto le caería bien a cualquiera. Hazme caso –se rio.

Por eso, el día de su entierro tenía que ponerme mi camiseta. La que él me regaló. Era mi manera de contarle que iba a seguir buscando todos los títulos ochenteros que me había recomendado y que se nos habían quedado pendientes. Reliquias cinéfilas que consumo con el único fin de sentirme cerca de él.

Me gusta creer que está ahí, sentado al otro lado del sofá, compartiendo conmigo un cuenco de palomitas grasientas y comentando las escenas de *Los Goonies*, de *E. T.*, de *La princesa prometida*... De todas esas películas que me decía que debía ver y que pude encontrar sin mucha dificultad en el catálogo de la misma plataforma para la que ahora ruedo *Ángeles*.

Y que seguiré rodando mientras no se enteren de todo lo que ha ocurrido esta noche. De cuanto Hugo, con la ayuda de la abogada a la que estamos esperando, pretenderá que ocultemos.

Mi madre había preparado unas palabras para el funeral y me preguntó si querría leer algo yo también.

Estuve a punto de decir que sí, pero pronto decidí que era mejor negarme.

Allí estarían mis tíos. Mis primos. Parientes cercanos y lejanos. Gente a la que apenas había visto más que en alguna reunión familiar.

Aún no había hecho oficial entre ellos mi presente.

Ni les habíamos contado nada.

Y aquel no era el momento.

No estaba dispuesto a arriesgarme en un día donde solo deseaba grabar en mi cabeza la sonrisa cómplice de mi abuelo. Sabía que, en adelante, iba a necesitar su fuerza.

–A él le habría hecho ilusión que leyeses algo tuyo, Eric.

–No lo sé... A él nunca le gustó obligarme a nada. Eso era lo mejor que tenía el abuelo.

Pensé que mi madre me llevaría la contraria una vez más, pero asintió.

–Llevas razón: no es necesario.

El entierro fue solo el principio de una mala época.

Una temporada en que la muerte se instaló en mi vida junto con las sombras que ya habitaban en ella.

Primero, la muerte sucedida, la de quien había sido para mí un cómplice mucho más importante de lo que nunca tuve la ocasión de decirle.

Y luego, la muerte hipotética, la que me arrastró al primer ingreso después de que nada sirviera para frenar el infierno que comenzó en cuanto puse un pie en el instituto. En aquel 2.º de ESO que mi madre esperaba enderezar con un informe psicológico («Pone altas capacidades», le insistió a Elías, el orientador, «¿No lo ve? Aquí, en el diagnóstico: altas capacidades»), el año que quizá tuvo la culpa de que acabara siendo la persona que soy.

La persona que esta noche ha acabado quitándole la vida a alguien.

–Siguen en estado crítico... Los dos –es todo lo que ha dicho el oficial más joven mientras me miraba con una expresión en la que, de pronto, ya no encuentro la empatía del inicio.

Posiblemente la distancia que ahora noto se deba a que lo ha decepcionado mi silencio. A que esperaba de mí una verdad que yo aún no sé cómo contarles.

«Otro más», ha debido de pensar.

Otro niñato al que se le ha subido la fama a la cabeza y que se cree que puede hacer lo que le venga en gana.

A veces, lo admito, sí me aprovecho.

Ahora que todo va bien, hay días en que necesito compensar esos otros momentos en que me dominaba el miedo. Aquellos en los que temía tanto el rechazo que soñaba con ser invisible, con no tener que explicar quién era en verdad.

La frontera entre lo que somos y lo que los demás ven es siempre confusa. Solo que, en mi caso, durante mucho tiempo, ese abismo resultaba más evidente –más frágil– que en el resto.

Me busqué en manuales.

En libros de autoayuda.

En canales de YouTube.

Y no encontré gran cosa.

Solo palabras que me herían o que, sencillamente, me humillaban.

Disforia es lo contrario de euforia, aprendí.

Y odiaba sentirme arrastrado por la primera cuando tenía tantas ganas de vivir la segunda.

—Es un término en desuso, Eric —me decía Julia—. Evolucionamos muy despacio... Y nos queda tanto por hacer todavía...

Ya solo la tenía a ella, sus palabras me ayudaban a que no me perdiera en aquel mar de «síntomas» que describían «una enfermedad» —ansiedad, depresión, tristeza— cuando yo lo único que quería tener era una vida.

Una vida compleja e incongruente.

Tan incongruente como la de cualquiera.

Estaba harto de que me hablaran de la negación.

De los prejuicios y sus muros.

De la disforia.

Yo quería que alguien hablara de lo contrario.

De la euforia.

La que nacía en mí cuando me llamaban Eric.

Cuando sabían usar bien los pronombres.

Cuando no me cuestionaban, sino que me reconocían.

La misma euforia que sentí la primera vez que hablé con Drew por culpa de un post de Tumblr.

Y con Matt, en una plataforma de juegos de rol.

Y con Jessica, cuando compartimos en Instagram una canción de Mother Mother:

It's alright, it's okay, it's alright, it's okay.
You're not a monster, just a human
and you made a few mistakes.

La euforia de conocer en el hospital a Tania. Y en 4.º de ESO a Iván. Y, por culpa de Iván, a Lorca, gracias a aquella obra de teatro que lo cambiaría todo.

I don't wanna know who I am
Cause heaven only knows what I'll find

La euforia del *casting* donde me dijeron que sí.

Del primer día que pude, al fin, comenzar con las hormonas.

De los resultados tras los primeros dos meses en T. Tres meses en T. Cuatro meses en T. Un año entero en T.

De la mañana en que salí corriendo por toda la ciudad gritando mi nombre.

Riendo y llorando. Llorando y riendo.

Me miraban como si me hubiera vuelto loco.

Pero lo que me había sucedido era justo lo contrario.

Había empezado a encontrar el camino para que el espejo que me oprimía se rompiera, al fin, en decenas, en cientos, en miles de pedazos.

Ese espejo donde nadie se ve. Donde todos nos buscamos para encontrar a la persona que nos gustaría ser y que, Julia tenía razón, quizá no somos.

Solo que el primer paso no lo damos nosotros, sino que lo dan quienes, nada más nacer, nos asignan un género.

–Es niña –dijo alguien.

La comadrona, las enfermeras, el equipo médico.

–Es niña –asumieron mis padres.

Y llenaron mi armario con todo lo que una niña necesita para llegar a serlo.

–¿Conoces a Simone de Beauvoir, Eric? –me preguntó Julia.

Por supuesto que no.

Así que fue ella la que, cuando cumplí quince, me regaló un par de libros suyos. Y así, poco a poco, comenzamos con lo que sería una tradición que aún hoy se mantiene.

Julia me conseguía libros que creía que podían convertirse en el espejo que andaba buscando, y yo, a cambio, seguía yendo a verla para hablar de lo que sentía al leerlos.

Comenzamos a discutir sobre el género. Sobre la construcción social que lo sustenta. Sobre si soy lo que soy o lo que los demás llevan toda la vida diciendo que soy.

Y de ese modo empezó a ser posible mi euforia: leyendo.

It's alright, it's okay, it's alright, it's okay.
I believe, yes I believe that you will see a better day.

Mi madre, que me veía rodeado de aquellos grandes nombres de la historia de la literatura, pensó que, una vez más, llevaba razón: si tenía entre mis manos a Lorca o a Woolf o a Bechdel era porque, como ella siempre supo, yo tenía un don. Y aquel diagnóstico, ese que nunca logró despertar el interés de los orientadores de los centros donde estudié, lo atestiguaba.

Pero la euforia tiene un antídoto demasiado fácil de encontrar.

Basta con pronunciar la palabra errónea.

Y hay tantas... Demasiadas.

—Tienes derecho a elegir quién eres —me dijo una vez Tania.

Y esa fue, creo, una de las pocas veces que nos enfadamos.

La segunda fue, mucho después, por culpa de Rex.

Pero la primera fue por ese verbo que ella usó para ayudarme y que, al contrario, me enfureció.

No se «elige» ser.

Se es.

Si yo hubiera podido, habría escogido la opción fácil.

La realidad en la que te miran y te perciben tal y como tú te ves también a ti mismo.

El universo en el que no tienes que explicarte.

En el que nadie te observa con desprecio.

Donde no es complicado hacerte el DNI.

Donde no es difícil rellenar el impreso de matrícula en el instituto.

Donde no tienes que ir con tu madre a hablar, cada curso, con tu tutor.

Donde no es posible que un orientador te diga barbaridades tan insultantes como que «tu desajuste —así lo llamó Elías— tiene cura».

Si pudiera elegir, habría elegido que no se hubieran equivocado cuando dijeron «es una niña» y, en realidad, era un niño.

Tania, creo, lo entendió, aunque desde entonces decidió que no íbamos a volver a hablar del tema.

—Es complicado hacerlo... Todo te ofende, Eric.

No sé si tenía razón... No sé si el problema está en mí, que me he vuelto demasiado suspicaz («hiperbólico», me dijo una vez Hugo), o en los demás, que prefieren no darse cuenta de que las palabras, además de crear, también pueden hacernos perder el equilibrio.

Como esta madrugada.

Podría haber elegido no estar allí.

Podría haber fingido no saber lo que iba a ocurrir.

Podría haber evitado el encuentro.

Podría haber permitido que la línea siguiese siendo recta en lugar de introducirme en su maldito Círculo.

Pero si hay algo que aprendí en los meses que viví con mi abuelo es que la coherencia era mi verdadera piel. O, en nuestro código particular y secreto, el superpoder del que él me hablaba.

Mientras el espejo de mi conciencia me devolviese mi verdadero yo, podría seguir a salvo.

Aunque mi cuerpo, cada mes, intentara negarlo.

Aunque mi entrada en el instituto fuera mucho más dura de lo esperado y tuvieran que llegar a cambiarme de grupo para alejarme, eso dijeron, del conflicto.

Aunque ese conflicto no fuera un ente abstracto, sino un grupo de compañeros –con tres cabecillas– que disfrutaban humillándome. En el patio. En los pasillos. En las redes.

Hasta que aquella rutina, que era pequeña y cotidiana, se hizo insoportable.

Hasta que perdí la noción de lo que dolía porque todo llegó a doler.

Hasta que me vi encerrado en aquel hospital donde, dijeron, querían ayudarme.

Donde, durante los dos meses de mi primer ingreso, alimenté el rencor contra quienes me habían metido entre aquellas paredes.

Y un día, solo uno, justo una semana antes de que me dieran el alta («Aunque una recaída es algo que no hay que descartar», advirtieron), vino mi padre.

No lo había vuelto a ver.

–Me alegra que no lo consiguieras –me dijo.

Supongo que era evidente que no había lugar para un abrazo. Que yo no le habría permitido que me tocase.

Mi desconcierto, al que se sumaba la sensación de sentirme medio desnudo dentro de ese pijama con el que nos obligaban a deambular por la sección –aislada– de psiquiatría, marcaba una distancia infinita entre cualquier cosa que él pudiera añadir y cualquier otra que yo pudiera interpretar.

–Me alegra que no lo consiguieras –repitió como si fuera un autómata incapaz de pronunciar otra frase.

No supe qué contestar.

En realidad, seguía sin ser muy consciente de haberlo intentado.

Sabía que verbalizarlo formaba parte del tratamiento, que no podía salir de allí hasta que no fuese consciente de que había llegado a convertirme en un peligro para mi propia vida. Sabía todo lo que debía suceder, pero no el modo de hacer que pasara.

Verlo allí me ayudó.

Supongo.

Nunca se lo he dicho a él.

Y menos aún a mi madre.

No puedo decirle a mi madre que la presencia de alguien que se escabulló de nuestras vidas por la puerta trasera me ayudó a sentir ganas de afrontar un presente que, gracias a mi lucha –la que ella sí apoyó, día tras día, haciendo tiempo en la sala de espera de aquel hospital–, se convirtió en futuro.

No es justo que la vida se mida en momentos tan minúsculos. Que la gente que a veces nos marca sea la que menos se esfuerza en hacerlo. Que persigamos a los amigos que nos esquivan. Que nos enamoremos de la gente que nos rechaza. Que necesitemos a quienes nunca quisieron estar.

Y puede que sea culpa de esta noche, de esta madrugada en que todo adquiere un significado diferente, pero hoy no puedo evitar pensar que, quizá, lo que sí debería decirle a mi madre es que el camino no habría sido el mismo sin su mano cogiendo la mía, incluso cuando parecía no entenderme, cuando esgrimía aquel maldito informe como un antídoto para esquivar una realidad que la superaba. Podría darle las gracias por haber aprendido a despojarse de sus miedos para vivir conmigo mi verdad. Una verdad que hoy –lo sé– ella también siente nuestra.

Pero aquel día, mientras miraba a mi padre, no pensé nada de esto. Aquel día estallaron en mí un sinfín de preguntas para las que jamás iba a tener respuesta: ¿Te voy a ver más? ¿Cómo es tu nueva familia? ¿Por qué yo no valía? ¿Por qué no valgo? ¿De verdad no te valgo?

Pero solo pronuncié una frase.

–No has dicho mi nombre.

Silencio.

Y luego, una pregunta, la única que necesitaba que me respondiera:

–¿Serías capaz de decir mi nombre?

Mi padre tragó saliva y me miró con sorpresa. Supongo que no esperaba una petición tan directa ni, mucho menos, ninguna clase de desafío.

Quizá pensaba que su aparición en escena sería aplaudida como esos cameos que hacen las grandes estrellas en series como la mía. La que todavía no había llegado. La que aún no me había permitido demostrarle que sí valgo. Que mi nombre no solo iban a decirlo quienes me conocían, sino quienes no había podido siquiera imaginar que llegarían a conocerme.

Seguramente él confiaba en que ocurriera algo similar: una ovación, un gran aplauso, una felicitación por hacer su entrada triunfal en aquel hospital en el momento justo.

Como si ese instante, ese pijama, esos días sin acceso a internet, esos recuentos de los lápices que usábamos en los talleres para que no pudiéramos autolesionarnos, esa puerta que se cerraba tras las visitas y que nos aislaba de nuevo del mundo que nos rodeaba, como si todo lo que formaba parte de esos dos meses que duró el primer ingreso no se hubiera iniciado unos años atrás.

Como si ese pijama con el que me encontraba no me hiciera sentir exactamente igual que aquella camisa suya que cubría mis rodillas.

Di mi nombre, joder.

¡Di mi nombre!

Y cuando estaba seguro de que, una vez más, iba a decepcionarme, él apoyó una de sus manos sobre mi hombro.

Sentí rechazo, pero no lo impedí.

No quería provocar en él otra reacción que pudiera resultar aún peor.

Como que pretendiese agarrarme.

O que me cerrase el paso y me retuviese.

Cualquiera de esas posibilidades habría sido insoportable.

Así que aguanté con su mano sobre mi hombro, a pesar de que, durante el tiempo que había estado ingresado, mi cuerpo se hubiera vuelto más hostil que de costumbre.

–El único espejo está en ti –me repitió Julia las pocas veces en que consiguió que autorizasen sus visitas–. Ahí es donde debes aprender a mirarte. No en sus cánones. Ni en sus exigencias.

A ella sí le dejaba que pusiese su mano sobre mi hombro.

A veces, incluso en mi cabeza.

La presencia de mi padre, sin embargo, me provocaba una desagradable ansiedad que soportaba a duras penas. Como sus dedos tocando mi piel a través de la fina tela del pijama.

—¿Mamá sabe que estás aquí?

Él negó con la cabeza.

Lo suponía: había aprovechado uno de sus descansos para acercarse a mí.

Puede que fuera casualidad: llegó justo cuando ella no estaba; o premeditación, si había venido más de una vez para averiguar cuáles eran sus horarios.

Pensar en la segunda opción hizo que su mano en mi hombro, de repente, me molestara un poco menos. Que el niño que llevaba puesta la camisa equivocada sintiese que esta vez lo miraban sin juzgarlo.

Pensar en la primera opción, sin embargo, me enfadaba. Me hacía creer que mi padre seguía siendo el hombre irresponsable y caprichoso que había sido siempre. El hombre que abandonó su vida porque no le gustaba y construyó una nueva como si la anterior, en la que nos quedamos atrapados mi madre y yo, solo fuera un ensayo.

Supongo que la opción real siempre fue esta. Al menos eso es lo que deduje la noche que se celebró el inicio de rodaje de mi serie y a la que él, por supuesto, no asistió.

La noche en que Tania se colgó de Rex a la vez que decidía que Hugo era el tío más imbécil del mundo.

La noche en que Carla, la productora ejecutiva, se dedicó a presumir de lo inclusiva que era su empresa mientras me señalaba como si yo fuera un maldito objeto.

«Mirad qué gran labor social estamos haciendo —parecía gritarles con un orgullo estúpido que me convertía en un dato más en su estadística de mierda—. ¿Quién dijo que éramos una compañía anclada en el pasado?».

La noche en que mientras Rex, mi compañero de reparto, me robaba a Tania, mi madre le fue contando a todo el que quería escucharla que ella siempre había sabido que su hijo era brillante.

La noche en que fui consciente de las miradas de ambición que me dirigía Hugo. De las miradas de desafío que me dedicaba Rex.

La noche en que acabé bebiendo como un imbécil con Lucas y Amaia, los coordinadores del guion de *Ángeles*. Fingiendo sentirme cómodo con dos personas a quienes apenas conocía. Brindando por el éxito y temiendo que ese éxito, en realidad, nunca se produjera.

La noche en que mi padre, como todas las demás, tampoco estuvo allí.

Y sé que recibió la invitación, porque lo incluí en el escueto listado que le pasé a la productora.

–¿Tan pocos invitados, Eric? –se sorprendió Carla.

–Son los únicos que necesito –respondí.

–Como quieras.

Le había mentido, claro.

Porque faltaba el nombre más importante de todos.

El único que no podía estar esa noche.

Y el que más la habría disfrutado de cuantos allí fuimos.

Así que, como mi abuelo no iba a poder venir, me lo llevé conmigo: me puse de nuevo aquella camiseta de *Super 8* –aunque ahora me quedara algo más pequeña– debajo de una chaqueta oscura.

En medio de la euforia (cómo amo esta palabra) del estreno, se me acabó olvidando aquella otra invitación: ese intento desesperado de conseguir una aprobación de la que solo había estado cerca una vez.

La ocasión en que consiguió entrar, sin que mi madre se enterase, en el hospital.

El día que puso su mano sobre mi hombro.

La tarde en que, tragando saliva, se despidió de mí con dos palabras que, a su modo, me ayudaron a salir de aquel encierro.

–Cuídate, Eric.

Esa fue la primera vez que mi padre dijo mi nombre.

Y también la última.

LA SEGUNDA VEZ

Siempre había creído que el problema era él.
Me resultaba cómodo centrar en una sola persona las carencias. Los desencuentros. Y, sobre todo, el silencio en el que había decidido instalarme.
Hasta que mi madre y yo tuvimos «la» conversación:
—No sé, Eric... No estoy segura de que me parezca bien.
Jamás pensé que mi madre diría algo así.
Mi padre sí, claro.
Él se había ido porque no soportaba que yo era como soy.
¿O no se fue por eso?
Pero mi madre...
—Eric, tienes solo catorce años... Aún eres menor de edad y...
Menor de edad.
Como si serlo invalidase mis emociones.
Mis pensamientos.
No anulaba nada de todo eso, pero sí limitaba mis opciones de conseguir el cambio de nombre oficial. Acabar con el DNI donde todavía figuraba el anterior y empezar, al fin, con la testosterona.
—Deberíamos consultar con...
No dejé que terminara.
No estaba dispuesto a pasar por un solo psiquiatra más.
Ya había pasado por Julia.
Y por Helena.
Y por quienes vinieron antes que ellas.
Como aquel tipo que, cuando solo tenía siete u ocho años, insinuó que lo mío era un problema de esquizofrenia.
El tipo que no supo ver quién soy y se inventó una enfermedad para explicarme.
Para resumirme.
—Eric, por favor, sé razonable...
Toda la vida me han pedido lo mismo.

Igual que me lo suplica esta noche Hugo.
Entra en razón.
Sé razonable.
Todo lo que sea ajustarme a sus cánones es ser razonable.
Todo lo que los desafíe, no tanto.
Pero no esperaba que fuera ella, nunca pensé que sería ella quien no querría firmar los papeles que me permitían iniciar el tratamiento.
—Eres menor de edad...
Y esa condición pesó sobre mí como si toda mi vida se derrumbase sobre mis hombros.
Como si no quedaran más que los escombros de una esperanza que, de repente, resultaba lejana y, peor aún, prohibida.
Porque, antes de que pudiéramos iniciar el tratamiento, necesitaba que alguien demostrase –otro psicólogo, otra exploración, otro diagnóstico– mi «transexualidad estable» (como si tuviera la más remota idea de lo que querían decir con esa mierda, como si ese estúpido sintagma no llevara implícita la marca de la incomprensión).
Sin la firma de mi madre no era posible comenzar con los trámites que, ahora sí, me parecían urgentes.
—El abuelo lo aprobaría –arriesgué.
No calculé el alcance de mi réplica: aquella alusión sumió a mi madre en una tristeza de la que tardó días en recuperarse. Tal vez porque no se había dado tiempo para asumir el luto y la muerte de su padre. O porque le escocía intuir que yo siempre tendría un lazo especial con él que, de algún modo, me costaba encontrar en ella.
Esperé a que aquella suerte de parálisis emocional cesara.
Tuve paciencia.
Fui –por una vez sé que lo fui– razonable.
Y entonces, en una de esas cenas donde hacía tiempo que habíamos dejado de contarnos nada que no fuera lo bastante estúpido como para evitar una auténtica conversación, ella sí habló.
 No voy a firmar, Eric. Todavía no.
Esa noche no pasó nada más.
Ni siquiera respondí.
No discutimos.
Mi reacción fue tan serena que mi madre se alarmó de verdad.

Me conoce.
Puede leerme antes de que yo mismo sepa lo que quiero decir.
Aunque finja que no se da cuenta.
O que no me mira.
Pero está siempre ahí.
Observándome.
–¿No vas a decir nada, Eric?
Y no lo dije.
Ella habría preferido una conversación en la que pudiera defender su postura y argumentar su decisión con razones que yo no estaba dispuesto a admitir.
No le di esa oportunidad.
No quería que nadie me dijese lo que podía o no podía hacer.
Lo que podía o no podía ser.
Era la segunda vez –la primera tenía nueve años y una camisa azul casi negra– que sentía esa misma frialdad.
La de estar completamente solo en un lugar donde nadie me puede alcanzar.
Desde allí trato de acercarme a quienes, tan pronto como me aproximo a ellos, se convierten en sombras.
Humo que no puedo agarrar y gente a la que no puedo abrazarme, porque no están donde yo creo, sino mucho más lejos, en un territorio que no me pertenece y en el que la vida es azul o rosa, masculina o femenina, varón o hembra.
Un espacio en el que todo se mide en dos alternativas únicas, inconfundibles, donde no hay que pedir autorización para cambiar de nombre, ni para entrar en el baño de los chicos, ni para comenzar un tratamiento que haga que mi cuerpo sea como yo lo veo en ese espejo que está dentro de mí y que no se parece en nada al que intenté que se llevaran de mi cuarto de una maldita vez. Te pedí que te llevaras ese espejo, mamá, te lo pedí.
No sé cuánto tiempo estuve allí. Imaginándome cómo cambiaría todo cuando empezase con la testosterona: un mes en T, dos meses en T, el primer año en T... Encerrado en ese mapa imaginario al que nadie más que yo podía acceder. Ese país donde la vida no transcurría entre sombras. Sin voces ajenas. Lejos del reflejo que provocaban mis miedos.
Día tras día.
Madrugada tras madrugada.

Hasta que no fui capaz de mantenerme erguido al borde del precipicio y mis pies se deslizaron hasta el fondo.
Por segunda vez.

No recuerdo el momento exacto.
Tal vez solo habían pasado un par de días desde que mi madre y yo tuvimos «la» conversación.
Tal vez una semana.
Quizá un mes.
Por suerte, gracias al segundo ingreso, mi cuerpo no llegó a tocar el suelo.
Supe –pude– asirme antes a un saliente de rocas que se dibujaba justo al final de aquel túnel.
En su superficie porosa estaba escrito un nombre.
Tania.
Y en ese instante, en el segundo en que encontré sus letras dibujadas en aquel desfiladero por el que me estaba despeñando camino de la nada, tuve un motivo para intentar subir de nuevo.
Agarrándome a su T.
A su A.
A su N.
A su I.
A su otra A.
A la única persona en quien, desde que nos cruzamos en aquel hospital, consigo verme de verdad.
Sus ojos son mi espejo.
Sus palabras, mi voz.
Y su presencia, mi mar en calma.

–He hablado con esa psicóloga... –me dijo mi madre el mismo día que vino a recogerme a la salida de hospital. Estaba nerviosa, con una felicidad extraña, como si le diese miedo alegrarse de mi recuperación por si había una tercera vez. Por si, después de aquellos dos ingresos, volvía a intentarlo.
–¿Con Helena?
–Con Julia.
–¿Con las dos?
–Solo con Julia.

A mi madre no le resultaba nada fácil decir lo que estaba a punto de contarme. Era evidente.

—Sé que el abuelo la apreciaba mucho... Que tú crees en ella. Y que os seguís viendo con frecuencia.

Asentí.

Ella tragó saliva.

—Hemos charlado. Mucho... Julia y yo...

Mi madre se tomó el tiempo que creyó necesario y, consciente de que su actitud estaba haciendo que naciera en mí una expectativa que podía resulta difícil de manejar, al final lo soltó:

—Ella cree que, si es tu decisión, sería bueno que comenzaras el tratamiento.

—¿Y tú?

Volvió a coger fuerzas.

Tardaría en explicarme todos los miedos que se pasaron, a la vez, por su cabeza. Los consejos que no se atrevió a darme. Las dudas que no supo cómo transmitirme sin que pareciera que intentaba cortarme las alas que yo necesitaba desplegar de una maldita vez.

—Yo solo quiero que seas feliz...

—¿Y papá?

Aquella se había convertido, por momentos, en la conversación más áspera del mundo.

Sabía que, para comenzar con las hormonas, necesitaba la firma de los dos... Que su negativa podía impedir que todo fuera como yo quería que fuera.

Ella solo movió levemente la cabeza de arriba abajo dos veces.

Y yo, consciente de lo que significaba aquel doble sí, le sonreí.

Le sonreí de verdad.

Por primera vez en meses.

Quizá en años.

Sonreí porque me imaginé, dentro de no mucho, gritando mi nombre.

Me vi recorriendo la ciudad sin el miedo con que ahora la miraba.

Mostrándome en vez de escondiéndome.

Abrazándome en vez de rechazándome.

Podía verme: era yo.

El chico que gritaba su nombre, de repente, era yo.

LA FIESTA

Selene fue la primera en darse cuenta.

–¿Te has fijado en esos dos, tío? –me preguntó la noche de la presentación de *Ángeles* mientras señalaba a Tania y a Rex con la mirada–. No sé tú, pero yo los estoy *shippeando* muy fuerte...

Desde que la conozco, creo que nunca he oído a Selene llamar a nadie por su nombre propio. No sé si porque considera que así resulta más enrollada o porque, sencillamente, no recuerda otro nombre que no sea el suyo. Es solo un par de años mayor que yo, pero lleva tanto tiempo en esto –anuncios infantiles, programas para adolescentes, teleseries diarias– que se comporta como una más de las veteranas.

–Se han caído bien –fue todo lo que dije.

–Venga, tío, eso no es caerse bien. Eso es que se mueren de ganas de comerse la boca.

Aproveché que, justo en ese momento, se me había acabado la bebida para tener una excusa con la que alejarme de ella y, mientras me dirigía a la barra –llena de gente que había decidido lanzarse sobre el *catering* como si no hubiera un mañana–, me pregunté por qué me había molestado tanto aquel comentario.

No eran celos, como aseguraban Drew, Matt y Jessica.

–Pero si ni siquiera la conocéis –me defendí la primera vez que lo insinuaron.

–Te conocemos a ti –respondió Jessica con su habitual y abrumadora seguridad.

–Me conocéis solo en esta pantalla.

–Y eso ya es suficiente. Tengo gente a mi lado a la que conozco mucho menos que a ti...

En eso creo que llevaban razón.

Pero en lo que sentía –siento– por Tania, no.

En estos años me han gustado otras chicas... Pero Tania siempre ha sido mi refugio. Mi cómplice. Mi otra mitad.

–Eso también son celos... –opinó Jessica–. De otro tipo, si quieres, pero celos.

Desde la barra, mientras me servían una copa y miraba de reojo a Rex y a Tania, pensé que quizá sí fuera cierto.

No estaba enamorado de ella.

No quería acostarme con ella.

No tenía ni una sola fantasía romántica ni sexual con ella.

Pero me molestaba que alguien de mi entorno, y más aún Rex –por qué había tenido que ser Rex–, fuera capaz de crear con Tania una conexión que hacía que me sintiera desplazado en la que debía haber sido una de las mejores noches de mi vida.

No sé cuánto tiempo estuvimos en el ático de aquel hotel ni a qué hora decidieron echarnos. Tal vez fueran las cuatro, tal vez las cinco.

Lo que sí recuerdo es que, justo antes de que nos invitaran a marcharnos, Tania se acercó a mí para que nos fuéramos juntos a casa.

–¿No te vas con...?

–¿Con quién? –estiró los brazos apuntando con ellos al espacio vacío que nos rodeaba: no había ni rastro de Rex.

–¿Se ha largado?

–Eso parece.

Pude haberle preguntado algo más –¿cómo ha ido?, ¿vais a volver a veros?–, pero me pareció que resultaba ridículo pedirle que me hablase de algo que, en el fondo, no me apetecía oír.

Además, no era necesario añadir mucho más: su mirada, aún más brillante que de costumbre, ya me respondía por sí sola. Y fue Tania quien habló, como si necesitara justificarse por una traición que –en realidad– no lo era:

–A las chicas como yo –cuando dice «chicas como yo» se refiere a todos los adjetivos crueles con que la han masacrado durante años– no suelen pasarnos cosas así... Ni chicos como él.

Rex y Tania tardaron algo más de una semana en volver a verse.

Y dos meses en empezar a salir.

Recuerdo las fechas porque Rex, entre escena y escena, me lo contaba todo.

Tania no.

Tania fingía que aquello no era importante.

Que no sentía que Rex era una especie de recompensa por todo el tiempo que estuvo sola.

Por lo que le pasó con Cristian.

Por lo que se repitió con Óscar.

Por todos los besos que nadie le había dado mientras nuestros compañeros ya vivían cuanto ella y yo solo éramos capaces de idealizar.

Por eso no le perdoné que no me contara que se había enrollado con Rex tan pronto como sucedió.

¿Qué había sido de nuestra confianza absoluta?

Y, en un arrebato estúpido, tampoco le revelé que había encontrado el quién de mi segunda vez.

La primera —Elsa— ya había abierto una grieta entre nosotros, así que decidí que no tenía mucho sentido describirle la segunda. Ese rollo torpe y pegajoso que no duró más que una noche.

Un encuentro en el que había más desdén que deseo y donde Selene —aún no entiendo cómo me dejé— me usó para intentar llamar la atención de Rex.

No llegamos muy lejos. Ni Selene quería ni yo estaba preparado para que pasara. No podía imaginar mi cuerpo expuesto frente a alguien que no iba a mirarme como sé que necesito que me miren. Tampoco quería contarle ni explicarle. Y mucho menos arriesgarme a que el final de la noche robara la (escasa) magia que había traído consigo su inicio. Porque no fue el mejor de los besos. Ni siquiera uno medianamente aceptable. Pero al menos fue uno más que sumar en mi particular lista de la euforia.

Hoy no puedo evitar pensar que si Tania y yo no hubiésemos dejado de contárnoslo todo, quizá esto no habría pasado.

Entonces yo me habría atrevido a preguntarle por su tatuaje.

Por lo que de verdad había entre ella y Rex.

Incluso le habría hablado de Paula.

De Chloe.

De todos los nombres que la policía puede que esté reuniendo en estos momentos. Y que hace que tarden tanto en salir. Aunque Hugo me haga creer que se debe a que saben que esperamos a alguien.

—No vamos a volver a entrar ahí hasta que tengas al lado a una maldita abogada, Eric.

Pero puede que solo estén respetando la espera para atar cabos. Para determinar la identidad de la segunda víctima. Para buscar vínculos con la primera. Y para dibujar el camino que los conducirá hasta mí.

A lo mejor todo ha acabado así por mi culpa.

Porque no supe cómo acercarme de nuevo a Tania y eso impidió que me diera cuenta de lo que estaba pasando no muy lejos de mí.

Entre Rex y ella.

Entre ellos y el Círculo.

Ellos y todo lo que, de algún modo, ha hecho que esta noche sea la peor de mi vida.

Si no se hubieran conocido...

Si yo no la hubiera invitado a esa fiesta...

Si Tania y Rex no hubieran empezado a salir...

No sé si Hugo querrá escucharme. Ni si debería contárselo también a la policía. ¿Tendría que describirles todo lo que no debió ocurrir, o solo lo que realmente pasó?

Puedo intentar explicarlo, pero necesitaré tiempo para hablarles de los hechos. De las personas que los protagonizamos. No se puede contar una historia como la nuestra desde el final. Sería como empezar a ver una serie por la última temporada.

Sin embargo, estoy convencido de que ninguno de los oficiales querrá oírme. Ni siquiera el más joven. Creerán que estoy haciéndoles perder su tiempo. Que solo intento justificarme (¿no es exactamente lo que pretendo?, ¿lo que llevo haciendo desde que entré aquí?).

Me pedirán que sea concreto y dejarán bien claro que su trabajo no es indagar en lo que no tuvo que ser, sino en lo que sí ha sido.

Lo que habría podido suceder si Tania, Rex y yo no hubiéramos cruzado nuestros caminos no es cosa suya.

Lo que ha sucedido hace apenas dos horas, sí.

SÁBADO, 13 DE JULIO
03:02 a. m.

—En este trabajo, si quieres ser alguien, tienes que hacer amigos hasta en el infierno.

La primera vez que escuché a Hugo decir la que poco después descubrí que era su frase estrella, pensé que exageraba. Pero muy pronto me di cuenta de que no era así.

Conocía a todo el mundo que era necesario conocer: los productores que estaban poniendo en marcha los proyectos más ambiciosos, los guionistas que inventaban las mejores historias, los directores que sobresalían y que más premios acumulaban...

Por su agencia, entre desayunos, comidas, cenas y reuniones, circulaba todo aquel que fuera alguien en el cine y la televisión. Era un hecho que si Hugo Cortés no te invitaba a tomar aunque solo fuera un miserable café con él, todavía no eras nadie. Así de sencillo.

Conozco tan bien hasta dónde llegan sus influencias que (casi) no me ha sorprendido ver entrar a Gabriela Aliaga, la mismísima Gabriela Aliaga, en esta minúscula sala que, cada minuto que pasa, me resulta un poco más claustrofóbica.

A cualquier otro miembro del equipo de nuestra serie, ese nombre no le habría dicho nada. Tampoco la habría reconocido al verla llegar enfundada en su habitual y ceñidísimo traje de chaqueta. Ni habría reaccionado con la mezcla de respeto reverencial y admiración profunda que, confieso, he mostrado yo al verla.

Porque, aunque ella no lo sepa, su cuenta de Twitter es uno de los lugares a los que me he aferrado en estos años para protegerme de los ataques que siguen llegando a diario. Como si el hecho de ser quien soy me exigiera estar mucho más documentado sobre mi identidad que a cualquiera que sea cis sobre la suya.

—No tienes por qué dar clases a nadie —me regañó Tania una vez que me pilló ofuscado tuiteando en lo que parecía un debate y no era más que un crispado intercambio de monólogos.

—¿Entonces qué? ¿Me callo?

—No es eso. Solo digo que a veces parece que te justificas. Yo no lo hago.

—La diferencia es que tú no necesitas hacerlo.

Por eso sigo a Gabriela.

Porque los argumentos que no siempre encuentro en los libros que me regala Julia sí los hallo en los tuits breves e incisivos de quien posiblemente sea ahora mismo la abogada trans más mediática y, también, la que menos pudor tiene a la hora de hablar de su propio proceso. De cómo lo atravesó y de qué ha dejado en ella todo cuanto vivió antes. Al menos, eso es lo que suele contar en las entrevistas que cuelgan de ella en YouTube y que forman parte de mi particular kit autodidacta.

—¿Has firmado algo?

Su primera pregunta llega antes de que tengamos tiempo de presentarnos. Ni siquiera he podido decirle mi nombre.

—No.

—Bien. En ese caso, no está todo perdido —Gabriela nos busca a Hugo y a mí con la mirada, quiere asegurarse de que tiene nuestra atención completa—. Y ahora, vamos, contadme.

Mi representante resume con torpeza lo poco que ha conseguido saber hasta ahora.

Dos víctimas.

Una de ellas es Rex. Se halla en estado crítico.

La otra, aún desconocida. No sabemos ni su identidad ni cómo se encuentra.

Y, al decir lo siguiente, le tiembla la voz: «Parece que este —pronuncia el pronombre con rabia— está implicado en lo que sea que haya sucedido».

Estoy a punto de empezar a hablar, aunque no sepa muy bien qué voy a decir, cuando el oficial más joven nos interrumpe.

—Si su abogada ya ha llegado, es necesario que pasen inmediatamente.

—Pero aún no hemos podido... —se queja Hugo.

—Por supuesto —lo interrumpe Gabriela a la vez que, con un gesto, me indica que me ponga en pie y la acompañe.

Por un segundo, siento que me cuesta levantarme del desvencijado sillón en el que, al ponerme en pie, dejo impresa mi huella. Podría dibujar mi cuerpo en los pliegues que ha dejado en la tela.

Los hombros trabajados en el gimnasio.

La espalda que se ha vuelto más amplia gracias al esfuerzo y una rutina adecuados.

Los brazos que, sin ser demasiado voluminosos, noto lo bastante fuertes como para seguir agarrando la vida.

—Ser un hombre no tiene por qué significar ser solo un tipo de hombre... —se enfadó Tania el día que le dije que prefería ir al gimnasio antes que apuntarme a uno de sus planes. La tarde que, por culpa de una estupidez, estuvimos a punto de tirar nuestra amistad por la borda y que permitió que el Círculo se hiciese aún más fuerte en su vida.

Lo cierto es que estaba cambiada. Desde que había empezado a verse con Rex se enfadaba por todo. Incluso por pequeñeces como aquella, que solo debería haber sido un malentendido. Una bronca idiota. Pero se convirtió en algo mucho más grave. Y lo hizo muy deprisa.

—¿Por eso te gusta Rex? ¿Porque no hay un solo tipo de hombre?

—¿Y eso qué tiene que ver?

—Pues que Rex es «el» tipo. Un macho alfa de serie. ¿No lo has notado? Se machaca dos horas al día. Se adora. Postea fotos recordándonos lo bueno que está y lo masculino que es a todas horas. ¿Por qué eso no te molesta en él y sí en mí?

—Si fuera un macho alfa no estaría con... con alguien como yo —Tania baja la cabeza. Lo hace siempre que se refiere a sí misma. Cada vez que se muerde la lengua para no describirse del modo en que sus demonios, igual de peligrosos que los míos, querrían hacerlo.

—¿Alguien como tú? Tú estás muy por encima de Rex... De todos los Rex.

Pensaba que interpretaría mi afirmación como un elogio hacia ella, pero se la tomó como un insulto contra él.

—Yo creía que Rex y tú erais colegas...

—Somos compañeros de curro, Tania, nada más.
—Pues en la fiesta me dijiste...
—En la fiesta aún no sabía que tú ibas a hacer cualquier cosa para poder tirártelo.

No sé por qué dije eso.

No sé por qué me enfadé tanto.

Matt, Drew y Jessica insisten en que estaba celoso.

Eso fue lo que me respondieron cuando les conté la pelea con Tania en el chat donde, cada noche, entramos los tres para desahogarnos. Es una página a la que solo tenemos acceso nosotros y que creó el propio Matt, que es un genio en temas informáticos.

Un chat donde hablamos de cómo me va a mí con las hormonas.

De por qué Matt, que en el fondo está de acuerdo con parte de lo que me dice Tania, pasa de inyectarse.

De las ganas que tiene Jessica de cumplir los dieciocho para salir de una casa donde la insultan por ser quien es a todas horas.

De los padres de Drew, que le han dicho que por qué no invita a sus amigos, «esos dos de internet», a pasar un fin de semana en su casa.

De por qué mi amistad con Tania, que siempre ha sido mi refugio, estos últimos meses se ha vuelto tan distinta. Tan hermética. Tan llena de silencios y, como he comprobado esta madrugada, de secretos.

Sigo a Gabriela mientras me pregunto qué parte de todo esto voy a contarle a la policía exactamente.

Cuando llegué hasta aquí, solo quería ofrecer una versión: la mía.

Una teoría que explicase por qué había un actor de mi edad tirado sobre el asfalto después de haber sido arrollado por una moto.

Pero ahora, después de que mi cabeza se haya disparado a la búsqueda de una explicación, puedo elegir entre esa verdad o un puñado de verdades a medias.

«Al final lo averiguarán todo», pienso.

El oficial joven abre la puerta de una nueva sala. No es el despacho donde estuve antes.

Ahora estamos solos en una estancia algo más grande que la anterior, con un cristal al fondo. ¿Habrá alguien espiándonos al otro lado?

Hugo se queda fuera.

Gabriela, con quien apenas he cruzado un par de palabras, me coge la mano.

«Irá bien», me calma sin hablar.

Entra un tipo de unos cuarenta y tantos, pelo muy negro, perilla cuidada y ojos rasgados. Antes de presentarse, me analiza con una mezcla de curiosidad y preocupación. Está claro que ya sabe que una de las víctimas, Rex, es un actor conocido, y teme que el caso se vuelva mediático tan pronto como la noticia comience a hacerse pública.

–Mi nombre es inspector Alcira. El suyo es...

–Eric –hay algo en este hombre que no me inspira ninguna confianza–, Eric Díez Sevilla.

–Y usted es su abogada, ¿no es cierto?

Ella le tiende la mano y ambos la estrechan en un apretón firme y enérgico.

–Gabriela Aliaga, en efecto.

–Qué honor contar con su presencia, letrada.

–Veo que conoce mi labor.

–Así es. Y esta noche confío en que me ayude a desempeñar con éxito la mía.

Miro al inspector y me pregunto qué voy a decir exactamente.

Justo antes de comenzar el interrogatorio, mientras Alcira y Gabriela preparan el terreno, siento vibrar mi móvil.

Es un wasap de Tania.

Tres palabras y una imagen.

Las palabras son «Diles la verdad», y la imagen, un tatuaje en el que solo se distingue una forma geométrica.

Y, cómo no, es un círculo.

Su Círculo.

4
QUIENES LO CAMBIARON ~~CASI~~ TODO

LOS TRES NOMBRES

Primera obviedad: esta madrugada, no habría estado a punto de matar a Rex si él y yo no nos hubiéramos conocido.

Segunda obviedad: Rex y yo no nos habríamos conocido si no nos hubiesen elegido para protagonizar *Ángeles*.

Y (aquí viene lo que ya no es tan obvio) no me habrían elegido para *Ángeles* si no hubiera sido por culpa de tres personas: Tania, Iván y Lorca.

El listado de las casualidades (aunque apuesto a que Iván diría que son *causalidades*) podría ser más extenso. Seguro. Pero si tengo que remontarme solo a las razones inmediatas, estas son las que llevan sus tres nombres.

TANIA

–Me temo que tendréis que coger otra opción –nos informó Delia, nuestra tutora de 4.º, mientras recibíamos la noticia con una mezcla de incredulidad (¿cómo era posible que no hubiera presupuesto para unos cuantos ordenadores?) y de apatía (total, tampoco esperábamos mucho de aquellas dos horas semanales de Informática)–. Pasaos por Secretaría antes de mañana. Necesitan saberlo para reorganizar los grupos cuanto antes.

Lo dejé para el último minuto. Bastante teníamos Tania y yo con hacernos con el nuevo horario, las nuevas clases, los nuevos compañeros, los nuevos profesores y el nuevo instituto, así, en general. Ni a sus padres ni a mi madre les había entusiasmado la idea de que cambiásemos de centro, y menos aún la de que lo hiciésemos juntos, pero no les dejamos más opción, y su miedo a que repitiésemos intento (e ingreso) sirvió para que accedieran.

También fue Tania la que me convenció para que pusiéramos la cruz en esa casilla.

—¿Literatura Universal?
—¿Y por qué no?
—¿No tienes bastante con los autores y títulos que ya memorizamos en Lengua? ¿Aún necesitas más?
—Dicen que el tío que la da es diferente...
—¿Cómo de diferente?
—Ni idea, Eric, pero todo el mundo habla bien de él...

Pronto descubriríamos que «todo el mundo» no incluía a Delia, nuestra tutora.

Ni a Rocío, la directora de la AMPA.

Ni siquiera a algunos de nuestros compañeros.

Pero a nosotros dos, desde luego, sí.

—¿Entonces, Universal?

Ella cogió mi impreso de matrícula y puso la cruz por mí.

—Universal, sí.

Ahí, en ese mismo momento, empezó todo. Aunque yo todavía no lo supiera.

IVÁN

—¡Pero esto es Literatura, no teatro!

La mitad de la clase había decidido rebelarse contra la propuesta de Iván, mientras que la otra mitad se dejaba comer el terreno por quienes gritaban más fuerte.

—Es siempre lo mismo —sentenció Tania—. Los que arrasan con todo y los que permitimos que lo hagan...

Supongo que fue esa frase la que hizo que me pusiera en pie.

Por primera vez desde que había empezado la ESO.

Puede que por primera vez en toda mi vida escolar.

—A mí me parece buena idea —afirmé.

No sé si el silencio se hizo a mi alrededor por lo que acababa de decir o por el hecho de que lo hubiera dicho yo.

Mis compañeros solo me conocían por la única frase que repetía cada inicio de curso cuando nuestros profesores pasaban lista en clase:

—Por favor, llámame Eric.

La mayoría lo cambiaron sin problema en sus cuadernos y aplicaciones, salvo Delia, que fingió no acordarse y que, además de mi nombre, también se olvidaba de usar los pronombres masculinos.

En lo poco que llevábamos de curso, mis participaciones se habían limitado a contestar con educación cuando me preguntaban los demás profesores y a corregirla a ella cada vez que usaba el nombre que no era. Así que el hecho de que me hubiera puesto en pie para aplaudir la propuesta de Iván tuvo que sorprender a todo el mundo.

Incluso a mí mismo.

–Además, no has dicho que eso de montar una función sea obligatorio, ¿verdad?

–Como os explicaba, leeremos y comentaremos diversos textos a lo largo del curso –asintió aliviado–. Pero la evaluación tendrá dos posibilidades: o bien con exámenes convencionales, o bien a través del montaje y la puesta en escena de una obra de teatro.

Tania debió de sentir la misma mezcla de miedo y de entusiasmo que yo.

La idea de ponernos delante de gente que ni siquiera conocíamos nos provocaba pánico.

Pero, al mismo tiempo, saber que en ese momento no seríamos nosotros, sino que podríamos elevar nuestras voces convertidos en otros, resultaba profundamente excitante.

–Si es voluntario, a mí me parece bien.

–¿Y a mí qué me importa lo que a ti te parezca? –me cortó Óscar, el delegado del grupo.

–¿Qué pasa? –reaccionó Tania–. ¿Que aquí solo importa lo que opines tú?

No sé si Óscar ya le había jurado odio eterno antes de aquello o si fue ese el momento que marcaría su enemistad.

–Esta vez no me va a afectar, tranquilo.

Y creo que no lo hizo. Porque Óscar era menos dañino que ese Cristian al que Tania recordaba con auténtico odio o porque ella había aprendido a que la mezquindad de los demás no le doliera demasiado.

A pesar de que Óscar encontrara la foto.

La maldita foto en el baño que le había hecho Cristian. La imagen que habían viralizado y transformado en meme, en *gif*, en vídeo, en todo cuanto pudieran disparar contra ella hasta que la convirtieron en un chiste y la empujaron al abismo. Aquel robado donde se la veía medio desnuda y que acabó con ella en el hospital donde nos conocimos. Cristian había logrado su objetivo y Óscar, que además de cobarde resultó ser poco imaginativo, retomó su intento.

Hubo también alguna víctima colateral, porque Rocío, que había convertido la AMPA en su club personal, se encargó de montar un escándalo a causa de «ciertas fotos íntimas que estaban perturbando el buen funcionamiento del centro». Según ella, la culpa de su existencia y posterior difusión residía en la mala gestión de Iván, porque al saltarse el programa oficial de su asignatura había permitido que surgiesen problemas como aquel entre su alumnado.

No sé si en parte fue por eso por lo que, cuando acabamos 4.º, Iván pidió el traslado.

−Me han dado otro centro −nos mintió.

Tania y yo sabíamos, sin que nos lo dijera, que lo había solicitado él.

Nadie se lo había puesto fácil.

Ni siquiera la mayoría de sus alumnos.

Aquella asignatura de dos horas que debía resultar motivadora y, según afirmaba el programa oficial, «una invitación a la lectura», se convirtió en un campo de batalla entre quienes, liderados por Óscar, saboteaban todas las actividades que proponía Iván y quienes, junto con Tania y conmigo, seguíamos con interés sus iniciativas.

No éramos muchos −a nosotros dos apenas se sumaron seis o siete compañeros más: Samira, Rober, Iria y algunos otros de los que he olvidado el nombre−, pero bastábamos para poner en pie su personal proyecto: un montaje sobre textos de Lorca con el que pretendía que, a través de sus palabras, lográsemos hablar de nosotros mismos.

−¿Que quieres que hagamos qué? −le preguntó Tania. Ella prefería imaginarse como protagonista de una obra convencional y, sobre todo, que ya estuviera escrita.

−Quiero que cojáis esto −nos propuso a la vez que extendía sobre la mesa de la biblioteca diversos volúmenes con poemas, obras teatrales y hasta cartas de Lorca−. Que lo ojeéis. Que elijáis las páginas que más os gusten. Y que me contéis quiénes sois usando sus palabras.

−Pues yo debo de ser un poco lerda, pero es que no lo pillo... −Iria tampoco parecía entender qué nos estaba pidiendo. En realidad, ninguno lo sabía del todo.

–Abre ese libro –y señaló un volumen en cuya cubierta se podía leer *Poesía inédita de juventud*.

–Yo paso –se negó Iria con un tono tan infantil que logró hacernos reír a todos los demás.

–Te doy mi palabra de que no muerde –bromeó Iván.

–Venga, va –¿de verdad era yo quien estaba hablando?–. Lo abro yo.

–Lee, Eric. Lee lo primero que encuentres.

Ante mí, un largo poema que, por supuesto, no conocía.

Unos versos que no había visto antes, que no me sonaban como otros que nos habíamos encontrado en clase. Porque a veces, en el instituto, da la sensación de que la literatura no fuera más que un conjunto de poemas subrayados y manoseados en un libro de Lengua.

–Lee, por favor.

Subí aquella antología a la altura de mis ojos para asegurarme de que no podía ver a nadie de quienes allí estaban y, con esa extraña obediencia que me provocaba Iván –quizá porque imaginaba que no me importaría parecerme a él en el futuro, o porque si Rocío y su AMPA lo odiaban, yo solo tenía la opción de quererlo–, leí:

Hoy siento sobre el pozo
profundo de mi pena
una herida en la sombra
que hace tiempo se abrió.

Iván me hizo un gesto para que me callara.

Le hice caso de nuevo y todos guardamos silencio.

–¿Tú tienes heridas en la sombra, Eric?

Al principio, su pregunta me noqueó. Iván, consciente de ello, releyó los versos.

–«Una herida en la sombra / que hace tiempo se abrió». ¿Tú tienes una herida así, Eric?

Podía haberle dicho que no.

Habría sido fácil girar la cabeza de derecha a izquierda.

Negar que esas heridas en la sombra tuvieran lugar, fecha e incluso rostro.

La herida de los nueve.
La herida de los doce.
La herida de los catorce.

Sin embargo, como ese curso había decidido que nunca más iba a escoger la opción fácil, respondí que sí.

—Pues eso es todo lo que quiero que hagáis —acercó los libros hasta nosotros—. Que busquéis las palabras que os cuentan, que os adueñéis de ellas y que las cosamos juntos para construir algo que nos explique. O, por lo menos, que nos desahogue. ¿Me seguís?

No sé si llegamos a comprenderlo del todo.

Ni si la obra que escribimos y hasta representamos se parecía a lo que estaba en su cabeza.

A Iván eso nunca pareció importarle.

Juraría que solo quería que descubriésemos en aquellos versos una ventana que hasta que llegó él había estado cerrada.

Que viéramos en el escenario un altavoz.

El mismo que sentí que estaba usando cuando escogí las frases de aquella otra obra incomprensible en la que subrayé lo que decían sobre Romeo y Julieta:

Romeo puede ser un ave y Julieta puede ser una piedra. Romeo puede ser un grano de sal y Julieta puede ser un mapa.

Porque esas frases de *El público*, como le dije a Iván, sí sentía que estaban hablando de mí. Que me hablaban a mí.

Yo también podía ser un ave o una piedra. Un grano de sal o un mapa.

Y fuera lo que fuera, siempre sería yo.

LORCA

Subirse al escenario de aquel salón de actos, en un local anexo al instituto y que apenas contaba con medios técnicos para que pudiésemos hacer algo que no resultase demasiado ridículo, no fue un proceso fácil.

Cuando, tras la función, se apagaron los focos (pocos y cutres) que había conseguido instalar Iván, se escuchó un aplauso frío en el salón de actos.

Óscar, que cada día parecía esforzarse más en ser la abeja reina, se había encargado de aleccionar bien a su séquito para que nadie mostrara la más mínima emoción ante lo que iban a ver.

En el fondo, tampoco tuvo que insistir mucho: ninguno de nuestros compañeros pareció entender aquella especie de *performance* poética que para nosotros se había convertido en un recital autobiográfico y que ellos vivieron como una tortura.

–No ha estado mal –fue todo lo que opinó mi madre–. Pero creo que cosas así están muy por debajo de tu talento.

Han pasado cuatro años desde aquel día y sigo sin saber dónde está ese listón.

A partir de ese momento, tras una función que fue de todo menos memorable, comenzaron las negociaciones.

Mis ganas de apuntarme con Tania a la escuela de teatro del barrio, donde solo impartían clase actores que no habían llegado a serlo y unos cuantos estudiantes de la RESAD que se sacaban un dinero extra con nosotros.

El sí condicional de mi madre: habría escuela si elegía el Bachillerato que ella consideraba más apto para mi futuro.

–Deberías hacer el de Sociales, Eric. Y luego, lo que decidas. Tal vez Derecho, ADE, algún grado que te garantice un buen trabajo.

–Tania y yo hemos decidido coger el Bachillerato de Artes.

–¿Tania y tú? –preguntó con la mueca de disgusto con la que suele referirse a ella.

–Es lo que queremos hacer –maticé un poco más–: es lo único que de verdad sabemos hacer.

–Es tu amiga y lo entiendo –aunque su tono de voz dijera exactamente lo contrario–, pero ella no es como tú.

Me habría gustado atreverme a confesarle que adaptarme a su maldito baremo, ese según el cual yo siempre era mejor que quienes me rodeaban, me hacía sentir pequeño, minúsculo, casi invisible.

Habría querido tener el valor de responderle que estaba harto de que me hiciera sentir un fraude, alguien que no se merecía el lugar que ocupaba. Una decepción constante que no cumplía con sus expectativas, porque tampoco sabía cómo aprovechar ese don, ese estúpido don, del que ella hablaba como si fuera la clave que lo explicara todo.

La respuesta a cada pregunta que se había hecho en esos años.

Pero no dije nada. Porque no sabía cómo contarlo. Porque solo tenía catorce años y las luchas, todas las luchas, se solapaban.

No sabía cómo pelear a la vez por las hormonas y por el Bachillerato de Artes, por la testosterona y por el teatro, aunque quizá las dos batallas fueron siempre parte de la misma guerra: la que se libraba en las barricadas de mi identidad. Del quién era y del quién iba a ser. Y si algo no esperaba era que mi madre se situara en el frente contrario, alineada con el ejército enemigo, armada con los diagnósticos que hablaban de mi don y los prejuicios que le hacían temer mis decisiones.

Iván intentó interceder, pero mi madre se negó a reunirse y no asistió a la tutoría que él le propuso.

−Lo siento, Eric −se disculpó conmigo como si me hubiera fallado−. Estoy seguro de que, aunque sea sin mi ayuda, encontrarás el modo de convencerla. Cuando uno está en su camino, no debería salirse de él.

Para compensarme por lo que él consideraba un fracaso, me regaló un ejemplar de las cartas de Lorca que habíamos trabajado en la función. En su primera página, con su habitual caligrafía picuda y siempre al borde de lo ininteligible, una dedicatoria:

Con estas palabras empezó todo,
así que quizá aquí encuentres las que necesites
para que continúe...
Ojalá el futuro nos cruce de nuevo.
Todo lo mejor, Eric.
Con cariño,
Iván

Pasé el verano buscando las frases necesarias en aquel libro. Y mientras lo hacía apareció alguien a quien −una vez más− no esperaba.

No sé bien por qué motivo me ayudó.

Ni siquiera tengo demasiado claro por qué se acercó a mí.

Supongo que lo único que lo trajo fue la culpa.

No reapareció en mi vida porque buscara el modo de hacerme presente como hijo, sino porque, después de haber tenido noticia de mi segundo ingreso, no quería mantenerme en su vida como un remordimiento.

No vino a casa.

No avisó a mi madre ni tampoco me mandó un mensaje.

Se limitó a esperarme un día cualquiera –era martes y estaba lloviendo– a la salida del instituto.

–Te veo mejor –me dijo.

–¿Mejor que qué? –escupí las palabras con rabia.

–Mejor que en el hospital.

–¿Has venido por eso? ¿Para ver si tu hijo el rarito no ha intentado nada chungo de nuevo?

–He venido para que hablemos.

–¿De qué?

Dudó si responder con algo sincero o con un tópico.

–De lo que quieras.

–De lo que quiera... –no pude evitar reírme.

–Sí, de lo que tú quieras.

Mi mente, en ese mismo instante, se llenó de reproches.

Quería preguntarle por qué nunca había vuelto a decir mi nombre.

Por qué se presentó aquella tarde de hacía dos años en el hospital.

Por qué había salido de mi vida.

Por qué no se esforzaba en volver a ella y, sin embargo, sí contribuía a seguir alterándola.

Pero no dije nada de todo eso.

Y esta vez no fue porque no supiera decirlo, sino porque preferí evitar las preguntas para las que sabía que no iba a encontrar respuesta y expresar, a cambio, lo único que de verdad necesitaba.

–Quiero que me dejéis vivir mi vida. Mamá y tú. Los dos.

Le di la espalda y me alejé sin añadir nada más. Ya no hacía falta. Sabía que su miedo a que el pasado se repitiese lo obligaría a marcar el número de mi madre. Hablarían. Quizá incluso accederían a verse. Mantendrían una conversación breve, amarga, un diálogo donde dejarían claro que no se han perdonado y buscarían soluciones para que lo único que aún los unía no volviera a darles los mismos problemas que les había ocasionado antes. De eso, en realidad, se trataba todo: de evitarse problemas.

Pulsé el detonador de aquel encuentro con plena conciencia de lo que estaba haciendo. Era mi última oportunidad de conseguir matricularme donde quería sin tener que pasar por otra bronca más. Sin que mi madre sacase de nuevo el informe que atestiguaba mi tendencia al desperdicio de mi capacidad intelectual.

No sé cuándo hablaron. Ni qué se dijeron.

Pero justo el día después de que yo diera, por fin, con las palabras que Iván me había prometido que hallaría en aquella colección de cartas, mi madre me pidió hablar conmigo.

Mostró su desacuerdo con mi decisión y su deseo de que me replantease la opción que escogería el curso siguiente.

–Sin embargo –acabó–, aceptaré lo que decidas

Le di las gracias y me quedé con ese «sin embargo» que me abría las puertas, por fin, del lugar en el que quería estar.

Con Tania.

El mismo día en que los dos nos matriculamos en el Bachillerato de Artes, copié unas palabras de Lorca que había encontrado (quizá me habían encontrado ellas a mí) y las dejé en la cama de mi madre.

> *A mí ya no me podéis cambiar. Yo he nacido poeta como el que nace cojo, como el que nace ciego, como el que nace guapo. Dejadme las alas en su sitio, que yo os respondo que volaré bien.*

Ella nunca me comentó nada, pero estoy seguro de que aún guarda esa nota.

No sé si la graparía a su dichoso informe, pero –aunque solo fuera por justicia poética– debería haberlo hecho.

SÁBADO, 13 DE JULIO
03:16 a. m.

—Aún no tenemos el nombre de la segunda víctima —nos asegura (¿nos miente?) el inspector Alcira.

Respiro.

Sé que es un alivio pasajero, pero en esta noche en que todo lo que he construido amenaza con derrumbarse resulta suficiente.

No tardarán en averiguarlo.

En breve tendrán su identidad y las piezas del puzle comenzarán a dibujar formas aún más siniestras que las que ahora mismo están dispuestas sobre la mesa.

Desordenadas.

Sin más conexión que las que yo he sugerido al entrar aquí y que ahora Gabriela se esfuerza por borrar.

Según ella, tal y como ha declarado hace apenas unos minutos ante el inspector, no he dicho lo que yo creo que he dicho. A pesar de que Alcira no se lo ha puesto fácil, ella se ha encargado de sembrar dudas sobre todas y cada una de mis palabras, atribuyéndolas a los nervios y el cansancio:

—No pueden imaginar el estrés y la fatiga que provocan tantas horas de rodaje.

El problema es que, por el modo en que me observan ahora, he pasado de ser alguien que pretendía declarar de forma voluntaria a convertirme en un sospechoso.

—¿Conocías a las dos víctimas, o solo a Reinaldo García, alias Rex?

—Mi cliente se acoge a su derecho a no declarar —ha respondido Gabriela por mí.

—¿Tienes alguna idea sobre la identidad de la segunda víctima? Va a ser mucho peor si somos nosotros quienes averiguamos que guarda algún tipo de conexión contigo... Y te aseguro que no tardaremos mucho en hacerlo –el inspector Alcira no está dispuesto a dejarme salir sin algún rasguño.

–Mi cliente se acoge a su derecho a no declarar –ha sido, en boca de Gabriela, nuestra única respuesta por ahora, impidiendo así que pueda colaborar en una investigación en la que, como el inspector sospecha, sé mucho más de lo que callo. Y de lo que, por consejo de mi abogada, oculto.

Aguantamos así unos minutos más.

Diez, quince, ¿veinte?

No estoy seguro.

En este lugar, el tiempo parece haberse detenido.

Solo puedo pensar en qué consecuencias tendrá este giro imprevisto. Otro más. Otro cambio en un guion que esta noche hace mucho que ya no escribo yo.

De algún modo, pensaba que confesar sería la manera de recuperar las riendas. O, al menos, de adueñarme del relato. Si puedo elegir la forma de narrar los hechos, ¿no soy también quien se hace con su verdad?

En mi cabeza, mientras entraba en la comisaría, figuraba un largo monólogo.

Una escena similar a la primera que rodé para *Ángeles*, en la que mi personaje explica todo lo que le ha pasado antes para que se entienda lo que le está sucediendo ahora.

Los oficiales me habrían escuchado con la misma atención con que lo hacían en aquel episodio los demás personajes, y yo los habría llevado a través de mi vida hasta el momento clave. El instante en que aparezco esta noche en ese descampado y acabo arrollando a Rex.

El hecho de venir voluntariamente debería granjearme su confianza.

¿Eso no es un atenuante?

Mi plan consistía en elegir los hechos que iba a narrar para poder seguir ocultando los que no quería que viesen la luz.

Pero la llegada de Gabriela junto con la entrada en escena del inspector Alcira hacen que, de repente, ya no sea el único dueño de esta historia en la que ella impone sus nuevas normas. No digas. No hables. No abras la boca si yo no te doy permiso para que lo hagas, ¿está claro? Y me mira con tanta autoridad que soy incapaz de llevarle la contraria, aunque temo el momento en que Alcira nos permita salir de aquí y ella quiera −porque sé que va a querer− que se lo cuente todo.

¿Puedo fiarme de ella?

O, más bien, ¿debería fiarme de ella?

Si lo que ha sucedido esta noche solo tuviera que ver conmigo, quizá sí.

Pero cuando Gabriela me pregunte, deberé hablarle de quién era realmente Rex. De qué hacíamos allí esta noche. De por qué estábamos en ese descampado. De qué es el Círculo y de cuánto sé sobre ese tema del que, de momento, nadie ha dicho una sola palabra.

Eso es bueno, supongo.

Eso quiere decir que la policía aún no sabe realmente nada.

Primero tendrán que descubrir la identidad de la segunda víctima.

Después, buscar alguna conexión entre ella y Rex.

Pero sin mi ayuda no la encontrarán.

Si Gabriela no permite que sea yo quien lo explique, dudo que jamás entiendan qué hacía allí y qué tiene que ver conmigo.

−Mi cliente se acoge a su derecho a no declarar −mi abogada repite su fórmula machaconamente para responder a todas sus preguntas.

−Su cliente va a tener que quedarse aquí hasta que tengamos confirmada la identidad de la otra víctima.

−Es extraño que aún no lo sepan, ¿no, inspector? −Gabriela está convencida de que ya la conocen, pero tratan de alargar nuestra presencia aquí: se lo he puesto tan fácil viniendo hasta ellos que ahora no van a dejarme escapar sin obtener de mí lo que necesitan.

−La víctima no llevaba documentación alguna, de modo que nuestros forenses están realizando las pruebas de comprobación pertinentes −responde él con una mueca soberbia que deja claro que, pese a todo, sigue siendo quien domina esta situación.

−Esperaremos entonces.

−Bien −el inspector pide con un gesto a sus hombres que corten la grabación−. Hacemos una pausa en el interrogatorio hasta la confirmación de ese dato.

Nos dice algo más –quizá que no nos alejemos o que no salgamos del edificio–, pero yo ya ni siquiera escucho. Porque cada minuto que pasa soy más consciente de lo sencillo que sería que todo saltase en pedazos.

Y está a punto de hacerlo.

5
LO QUE NO SUPIMOS ~~QUISIMOS~~ EVITAR

LA GRADUACIÓN

−¿Vas a ir con Elsa?
Entonces todavía no había aparecido Rex, ni Tania y yo habíamos tenido aún la gran bronca, pero fue el día en que todo comenzó a ser diferente entre nosotros.
−¿Por?
−No, Eric, por nada...
−Venga, suéltalo.
−Paso.
−Dilo de una vez.
−Porque Elsa es una de ellas.
Sabía que iba a decirlo, pero también esperaba que entendiese que necesitaba hacerlo. A ella sí se lo había confesado. A Tania sí que le había contado cómo uno de mis temores era la soledad, no encontrar a nadie, no dar con alguien que me quisiera sin tener que explicarme.
−Yo te quiero −me dijo la primera vez que se lo solté, pero le contesté que me hacía trampa.
Le estaba hablando de mi derecho a enamorarme, a que se enamorasen de mí, de poder montarme una película romántica en mi cabeza y que tuviese final feliz. Y lo de Elsa sabía que no daría ni para un corto; pero aquella fiesta, aquella graduación estúpida de 2.º de Bachillerato, podía convertirse en mi opción de vivir una primera vez.
−Han pasado dos años...
−¿Y? −el gesto de Tania era más duro de lo habitual−. Aún han pasado más desde la primera vez que empezó a rular esa foto... Cuatro años, Eric. Cuatro años desde que el capullo de Cristian se coló con un colega suyo en el servicio de las tías y decidió reírse de la gorda de 2.º Y otros dos desde que el gracioso de Óscar lo descubrió y trató de marcarse un *revival* a mi costa. A ti puede

que te parezca mucho, pero para mí es como si todo eso hubiera sucedido ayer...

—Elsa me ha asegurado que nunca hizo nada.

—Pues por eso mismo. Porque no hizo nada... Entonces era amiga de Óscar. Pudo haberlo evitado. Pudo haber impedido que rescatara esa jodida foto...

—Se dejaron de hablar el año pasado. En 4.º éramos unos críos.

—No hagas eso.

—¿El qué?

—Subestimarnos. No éramos unos críos, Eric. Sabíamos lo que hacíamos. Y ellos también.

—Elsa no es como tú crees, Tania, en serio.

—Claro que sí. Es como la gente que rodeaba a Cristian en mi otro insti. Como la que le ríe las gracias a Óscar en este... ¿Y sabes qué es lo peor, Eric?

—¿Qué?

Dudó.

Estuvo a punto de no decirlo.

Pero, como pasa siempre con esas frases que deberíamos callarnos para no romper lo poco que de verdad merece la pena, al final sí lo dijo.

—Lo peor es que, si no lo entiendes, a lo mejor tampoco tú eres como yo creía.

Hasta entonces nuestras discusiones, que no habían sido muchas, duraban poco y solían acabar con los dos en su cuarto viendo series, o compartiendo libros, o escuchando música hasta que se nos pasaba el enfado y cambiábamos el mal rollo por la complicidad y las risas habituales.

Esta vez fue diferente.

Esta vez hablábamos de la graduación de Bachillerato. Y de con quién habíamos pensado asistir a la fiesta que organizaba el instituto para despedir a cada una de sus promociones, una especie de imitación cutre de los bailes de las películas americanas que solo servía para recordarte lo popular que eras (en el caso de que lo fueras) o lo marginado que te habías sentido durante toda la Secundaria (si no habías tenido la suerte de formar parte del primer grupo).

Hablábamos del día en que por fin íbamos a decir adiós para siempre a ese lugar en el que habíamos aprendido tanto —quizá demasiado– de nosotros mismos. De quienes nos gustaría llegar a ser y de quienes querríamos evitar ser a toda costa.

Porque en el tiempo que estuvimos allí, en los tres años que pasamos en ese sitio en el que conocimos a gente tan inspiradora como Iván, tan mediocre como Delia o tan intolerante como Rocío, aprendimos lo que aprende cualquiera que haya pasado por la Secundaria: que el instituto es un lugar estupendo salvo que seas un friki, o que seas LGTBI, o que seas raro, o que estés gordo, o que te guste el k-pop, o que te visibilices como gay, lesbiana, bi o asexual, o que seas, sencillamente, diferente. En esos casos –que son, más o menos, la mayoría–, esa etapa se convierte en un momento que no siempre quieres recordar o que, cuando lo haces, no te provoca nostalgia, sino ganas de seguir corriendo hacia delante. En la dirección que sea, pero adelante.

Tania y yo habíamos atravesado varios infiernos juntos.

El que superamos juntos en el hospital.

El que se abrió ante mí cuando el no de mi madre me obligó a robarle sus palabras a Lorca.

Y el que se abrió ante ella cuando aquella foto se viralizó por segunda vez por culpa de Óscar.

—Aún soy «la gorda del baño», Eric —me dijo con rabia—. Aún encuentro comentarios en mis cuentas llamándome así. ¿O te piensas que esa basura tiene fecha de caducidad? No la tiene, joder, no la tiene. Es la maldita memoria virtual. Todo se queda ahí para siempre. Y aquí más, aquí nadie olvida nada que le haga gracia. Y lo de la «gorda del baño» tiene muchísima gracia. Tiene una gracia que te mueres, Eric, ¿no lo entiendes? Por eso me fastidia tanto que quieras ir con ella. Porque Elsa era su amiga. Elsa estaba ahí cuando Óscar les dijo que tenía esa foto. Cuando les contó, porque seguro que la abeja reina se lo contó a todas sus abejas esclavas, que iba a enviarla al grupo de clase. Pero no dijo nada. Elsa no dijo nada. ¡Nada!

Tania llevaba razón.

Creo.

Pero yo no podía dársela.

Asumir que estaba en lo cierto me exigía decirle que no a Elsa.

Arruinar esa deseada primera cita que por fin estaba a punto de hacerse realidad.

Y eso, aunque no fuera el momento, sí me habría gustado explicárselo.

Pero Tania no estaba dispuesta a escuchar.

Tania solo era capaz de oír su dolor. El que le provocaron las risas de tanta gente. Los insultos. Los comentarios. Hasta los grafitis. Porque el baño se llenó con caricaturas donde siempre aparecía ella en la misma postura que en aquella fotografía de mierda.

Tania no podía oírme cuando estaba rodeada por los gritos de todos esos demonios. Los que, según Rocío y su séquito de la AMPA, eran culpa de «la mala praxis» de Iván. Los que estuvieron a punto de derribarla por segunda vez y hacerle abandonar su proyecto de estudiar Artes con tal de alejarse del instituto.

Pero no se fue.

Y, en eso también lleva razón, no se fue por mí.

—Juntos siempre hemos sido más fuertes, Eric. ¿No lo ves?

No me dio ni una sola oportunidad para que me explicase.

No pude contarle que había sido Elsa la que me había preguntado si podíamos ir juntos a ese baile.

—Ya sé que lo de la graduación es una estupidez, pero a lo mejor no está mal hacer algo estúpido por una vez.

Tampoco pude describirle lo que sentí en ese momento.

La de veces que, incluso antes de conocerme, había imaginado el día en que tendría una noche con alguien.

Un beso con alguien.

Una cita romántica con alguien.

Desde que jugaba a ser Wall-E e invitaba a Eva, la robot blanca de la película de Pixar, a bailar conmigo en mi cuarto.

Desde que empecé a preguntarme si encontraría gente que no me exigiera explicarme. Gente que solo necesitara saber mi nombre —Eric, me llamo Eric— antes de darme la oportunidad de conocerme.

—¿Quieres que vayamos juntos a la fiesta? —insistió Elsa—. Puede ser divertido.

Nunca le pregunté por qué me lo propuso.

Ni por qué me eligió.

Tampoco volvió a repetirse.

El día de la graduación nos divertimos. Recuerdo que nos reímos de anécdotas de aquellos años —algunas reales, otras seguramente inventadas y, cómo no, aumentadas—, que bailamos algunas canciones idiotas y que, al final, nos enrollamos un par de veces en un rincón del patio.

—Sabes bien —me dijo.

Y yo no respondí.

Solo intenté besarla de nuevo, aunque no supiera bien lo que estaba haciendo y sintiera que mi lengua se movía con la misma torpeza con que acabábamos de bailar hacía tan solo unos minutos en la pista improvisada del gimnasio.

—Si quieres, un día de estos podemos ir al cine —se despidió cuando decidimos que ya habíamos tenido suficiente regueton.

—Claro —fue todo lo que contesté mientras me preguntaba si había merecido la pena distanciarse de Tania, que finalmente decidió no asistir a la que debía haber sido nuestra graduación, a cambio de que Elsa me dijera que yo sabía bien.

Pero aquella invitación al cine nunca llegó, y Elsa tampoco contestó a los wasaps (pocos, en realidad) que le envié después de la fiesta.

Viví su silencio con alivio.

No volver a verla significaba que sí podía ver de nuevo a Tania.

Al menos, eso era lo que yo esperaba...

No sabía si necesitaba una disculpa.

O un «tenías razón, Tania».

Pero fuera lo que fuera, no se lo di.

Por eso, cuando volvimos a quedar, sentí que entre nosotros había cambiado algo.

Se podía arreglar, claro.

Pero lo que se arregla no queda exactamente igual a como era antes de que se rompiese.

Se puede disimular bien, pero se ve la grieta. Basta con pasar la mano con atención por la superficie para adivinar cuántos pedazos ha habido que pegar de nuevo.

Con Tania, en adelante, ya nada sería igual.

A ella siempre le quedaría la duda de si mi lealtad era tan incondicional como le habría gustado que fuera.

Y yo nunca sabría si Tania había llegado a entender por qué ir a esa graduación con Elsa era tan importante para mí.

A ella la entristeció saber que su mejor amigo —al menos no perdí ese rango, creo— no era perfecto.

Y a mí me dolió haber vivido con Tania la sensación que más veces se ha repetido en mi vida: ser un fraude. Alguien que, haga lo que haga, solo consigue decepcionar las expectativas de la gente que me rodea y que, según dice, me quiere.

Puede que sea el cansancio.
O mi necesidad de entender qué me ha traído hasta aquí.
Pero me cuesta creer que el camino que trazamos no tenga un sentido.
Que unas decisiones no lleven a otras.
No soporto la idea de sentirme en manos de un destino que me zarandea sin poder evitarlo. Que determina adónde quiere llevarme, como si no pudiera elegir ser responsable de los lugares en los que me detengo o de los caminos que emprendo.
Quizá por eso creo que esa graduación es otro de los pasos que me han conducido hasta esta madrugada.
Porque si hubiera elegido la fidelidad a Tania en vez de la invitación de Elsa, quizá no se hubiera reabierto su herida.
La que le infligieron dos veces, dos nombres distintos, con solo dos años de diferencia.
La que hizo que el Círculo –con sus tres normas, sus reuniones secretas y sus falsas promesas de redención– apareciera en nuestras vidas.

EL TALLER

La primera vez que me encontré con el Círculo, aún ignoraba su significado.

Fue en la prueba de *Ángeles*, cuando nos pidieron que nos pusiéramos en parejas para preparar unas improvisaciones delante de la atenta mirada de Úrsula, la jefa de *casting*, y de Sandra, de quien todavía no nos habían contado que sería nuestra futura directora.

—No es una prueba convencional —me había avisado Hugo—. Lo han planteado como una especie de taller.

—¿Un taller?

—Sí, algo así... Estaréis una semana con parte del equipo creativo de la serie y, al final, elegirán a quienes crean que sois más aptos para cada uno de los personajes. La mayoría son gente con experiencia, así que más te vale esforzarte.

—No suena mal... Al menos estaré una semana ocupado.

—Tú cúrratelo y destaca. Cuanto más se te vea, Eric, mejor. En este negocio no abundan las segundas oportunidades.

No era mi primera prueba, pero sí la primera que hacía estando con Hugo. Lo había conocido hacía un mes, cuando decidí echarle valor y me presenté en su agencia sin siquiera haberle pedido cita.

Su secretaria intentó impedirme el paso, pero mis ganas fueron superiores a su rechazo, así que, a pesar de que aquella no parecía la mejor manera de hacerlo, me colé en su despacho y le pedí que me viera. Que me preguntara. Que me pusiera a prueba. Estaba dispuesto a lo que hiciera falta con tal de que me admitiese en su agencia.

—Te vas a meter en la boca del lobo... —me había advertido Tania, con quien evitaba discutir para tratar de recobrar la intimidad que, tras la fiesta de graduación, parecía haberse agrietado.

—Cuando tienes repre es más sencillo.

—O no. Depende de cómo sea... Y de lo que busque. Solo mueven a los que ya son conocidos. ¿Crees que van a hacerle mucho caso a alguien como nosotros?

—Entonces, ¿tú no te apuntas?

—¿A tu plan kamikaze de colarte en el despacho de uno de los representantes más conocidos del país? —Tania no daba crédito—. Pues la verdad es que no sé por qué, pero me da que no...

Mi plan era pésimo.

Cierto.

Pero funcionó.

—Te echaría de aquí a patadas si no fuera por... —Hugo se calló y el silencio dio lugar a una duda que no podía permitir que se quedara abierta.

—¿Por?

—Porque ando trabajando con una productora que creo que busca exactamente a alguien como tú.

No dije nada más.

Acababa de soltar las dos palabras malditas.

Las que hacían que, cada vez que las escuchaba, saltasen en mí todas las alarmas.

No sé si a todo el mundo le pasa o si solo es cosa mía: si soy el único a quien le pone enfermo que lo describan con ese «como tú».

Porque cuando lo escucho vienen a mi cabeza las ocasiones en que me lo dedicaron —casi nunca para bien— por el tema de las altas capacidades.

Los estudiantes como tú.

Los alumnos como tú.

Los inadaptados como tú.

Y las ocasiones en que, pronunciado con desprecio o hasta con algo que se parecía mucho al asco, tenía que ver con mi identidad.

Los trans como tú.

Los disfóricos como tú.

Los del cuerpo equivocado como tú.

O las ocasiones en que, sencillamente, me lo decían porque eran incapaces de entenderme.

Los frikis como tú.

Los raros como tú.

Los diferentes como tú.

Claro que Hugo también podía estar refiriéndose a cualquier otra cosa. En su «como tú» podían caber mis dotes interpretativas (que no le había podido demostrar), mi carácter impulsivo (del que sí había dado una buena muestra), mi físico (que apenas dejaba ver bajo mi habitual ropa negra y ancha), mi forma de hablar (que no tuvo tiempo de oír) o cualquier otra cuestión que él hubiera sido capaz de intuir aunque yo aún no la hubiera podido exhibir.

Pedirle que especificara a qué se refería con ese «como tú» suponía arriesgarme a aceptar que me cogía en su agencia para llenar algún tipo de cuota. Y yo quería creer que me daba un sí porque me lo merecía. Porque era bueno. Porque podría ser aún mejor.

–Ven mañana. A las diez. Te haremos una prueba y ya veremos... Y trae un *videobook* decente –señaló la puerta con su mano derecha–. Eso es todo.

Cuando regresé al día siguiente, noté que su decisión ya había sido tomada. Estaba dispuesto a contar conmigo desde que me había visto irrumpir en su despacho gracias a ese «como tú» por el que nunca me he atrevido a preguntarle.

–Sabes que llevas ventaja, ¿no?

A Tania, que también se presentaba a las pruebas para la serie, le había molestado que Hugo me fichase.

–Podías haber venido conmigo.

–Prefiero hacer las cosas por mí misma.

Estaba así de suspicaz desde el maldito baile y, aunque ya habían pasado unos meses, seguía sintiendo que no habíamos acabado de borrar la distancia que se había abierto entonces entre nosotros. La lejanía que, por mucho que me esforzara, no encontraba el modo de anular.

Cuando nos dijeron que la primera prueba del taller sería en parejas, la miré. Estaba seguro de que la haríamos juntos, pero Tania se esforzó por dejar claro que había sentido una conexión especial con otra de las chicas y prefería trabajar con ella.

–Así podemos explorar nuevos registros.

Su frase me pareció tan pedante y ridícula que preferí no responder. Había decidido reconstruir nuestra amistad a cualquier precio, incluso el de mi silencio si era necesario.

Estuvo ahí cuando la necesitaste, Eric.

Supo acompañarte cuando hizo falta.

Ha sido la mejor versión de ti durante estos últimos cuatro años.

Todo eso era verdad, pero, de repente, en esa distancia estúpida en la que nos hallábamos, parecía que tuviera que repetírmelo para no olvidarlo.

–Tú eres también de mi agencia, ¿no?

Reconocí a Rex en cuanto se me acercó.

No solo porque Hugo me hubiera hablado de él, sino porque, de todos los que estábamos allí, era el único que tenía algo de trayectoria previa.

–Eso creo –respondí.

Vestía ropa deportiva, muy ajustada, como si buscase mostrar de forma evidente su musculatura, pronunciada y rotunda, en todo momento.

–Seguro que a Hugo le molaría que hiciéramos esta prueba juntos –sugirió.

–¿Tú crees?

–Pues claro –se rio–. Lo conozco desde que me cogieron para mi primer anuncio infantil... Así que imagínate.

–¿Cuántos años tenías?

–Seis.

–Debió de ser genial.

–¿El qué?

–Empezar tan pronto. Como si fuera un juego...

Su tono de voz cambió ligeramente. Puede que solo fuera una falsa impresión mía, pero sentí que hablaba de aquella etapa con algo que, lejos de la arrogancia que había intuido en él, ahora se parecía mucho más a la vergüenza.

–No sé... Entonces era el gordito simpático de los anuncios. Y después, el gordito simpático de las series. Y, más tarde, el gordito simpático de los concursos. Estuvo bien, supongo. Pero me pasé hasta los catorce siendo «el gordito simpático» en todas partes, así que no se puede decir que me dieran muchos registros.

En él ya no había ni rastro de ese crío al que describía como si se refiriese a otra persona. Alto, atlético, con brazos musculados y piernas robustas, apenas cubiertas por un pantalón deportivo, en las que parecía que se dibujaran todas sus venas cada vez que las doblaba.

–Está claro que ya no encajarías en esos papeles –fue todo lo que dije.

–Mejor. Ya te puedes imaginar que, siendo famoso, no lo tuve fácil en clase... Ser «el niño gordito» ya era chungo. Pero ser «el niño gordito que sale en la tele» era una auténtica putada...

«Así que el niño gordito se apuntó al gimnasio», deduje.

–Fue cosa de Hugo –se justificó antes de que yo pudiese replicarle–. Él me aconsejó que entrenase. Hoy en día ya se sabe: no te dan un buen papel si no tienes una buena imagen.

No sé por qué interpreté su afirmación como un dardo. O, peor aún, como un disparo. Era como si sus palabras fuesen una bala que hubiese atravesado, en tan solo una frase, mi autoestima.

–Y tú la tienes –intentó arreglarlo.

–¿Yo? –no pude reprimir mi escepticismo: ¿a qué demonios estaba jugando aquel tío?

–Sí. Tienes un rollo enigmático, unos ojos bonitos y una expresión que mola. Entiendo que Hugo te quiera con nosotros. En serio.

No sé si lo dijo de verdad, pero elegí creer que sí. El taller era mi primera gran oportunidad y necesitaba agarrarme con fuerza a todo lo que pudiera darme una seguridad que entonces no tenía. Que ni siquiera tengo ahora.

Porque lo que vino después fue el éxito, sí.
Las audiencias millonarias.
Los *followers* en Instagram.
El contrato para la nueva temporada.
Vinieron el aplauso, la fama, incluso el dinero. Ese que, de repente, hacía que mi madre sintiera que el famoso don, además de ser real, también resultaba rentable.

Pero sigo preguntándome si estoy donde merezco estar. Si no ocupo un lugar que me queda muy grande. Si, en el fondo, estoy viviendo una vida que no es la mía y alguien no tardará en darse cuenta y expulsarme de ella.

Julia dice que lo mío tiene nombre: el síndrome del impostor. Y me lo repite para que me dé cuenta de que no solo me pasa a mí. Siempre ha estado convencida de que volver el dolor vulgar lo hace más asumible.

–Créete diferente por lo que te hace volar, Eric, no por lo que te hace daño.

Eso fue lo que me dijo cuando fui a verla después de mi segundo ingreso. Ya sin que mi abuelo estuviera presente, salvo en la fotografía que Julia guarda en una de las estanterías de su consulta. Quizá mi madre tenía razón cuando se quejaba de que él había encontrado en aquella vecina psicóloga a una nueva hija del mismo modo que Julia parecía haberlo adoptado a él como si fuera un padre.

Alguna vez le preguntaré por eso. Le pediré que me cuente cómo se conocieron de verdad. En qué momento se convirtieron en alguien tan importante para la vida del otro. Y cómo consigue no echarlo de menos tanto como yo.

Así que, aunque me cueste, intento seguir su consejo y me quedo con las palabras que me hacen volar, no con las que me hunden. Elijo aquello que me deja libres las alas que robé de aquella carta de Lorca y que decidí hacer mías para siempre.

Por eso creí a Rex cuando me dijo que mi mirada era especial. Que mi gesto, también. Que había algo en mí que explicaba que Hugo me hubiese elegido. Algo que se encontraba en aquel «como tú» por el que no me había atrevido a preguntarle cuando me seleccionó para su agencia.

–¿Nos ponemos con ello?

Dejé que Rex llevara la voz cantante durante toda la preparación de la prueba y, gracias a su experiencia, lo que hicimos no acabó resultando demasiado mal. Un poco descoordinados y también algo histriónicos: teníamos tantas ganas de demostrar de lo que éramos capaces que nos faltó contención.

Esa mañana, en aquella primera prueba, fue la primera vez que vi algo que no supe interpretar. Un simple tatuaje que Rex llevaba en su tobillo izquierdo.

Un círculo, sin un solo adorno más, que parecía un broche geométrico y perfecto para aquellas piernas esculpidas a base de batidos proteínicos y horas de gimnasio.

Entonces no le pregunté qué significaba. Ni siquiera pensé que significara nada.

Cuando lo averigüé ya era muy tarde. Por eso no llegué a tiempo de evitar la cadena de hechos que iba a terminar desembocando en esta madrugada.

Porque, hiciera lo que hiciera, ya había comenzado.

El Círculo se había puesto en marcha.

Y Tania estaba en él.

SÁBADO, 13 DE JULIO
03:34 a. m.

–¿Qué es lo que no nos estás contando, Eric?
Gabriela no está dispuesta a rendirse.
Me lo ha dejado claro desde el primer momento en que ha entrado en esta habitación y se ha dado cuenta de que las piezas no encajan como deberían.
–Esto es una carrera contrarreloj, ¿no lo ves? En cuanto den con la identidad de la segunda víctima, habremos perdido la ventaja que ahora podríamos tener. Y te aseguro que ese inspector no va a soltar su presa como si nada. Es de los que saben cómo dar guerra. Y piensa ganarla.
–¿Ventaja? –se sorprende Hugo–. ¿Qué ventaja?
–La de que sabemos más que ellos –responde Gabriela con absoluta seguridad antes de fijar en mí una mirada que, si tuviera que adjetivar en uno de los test que me proponía Helena en su consulta, calificaría de incisiva–. Porque tú sabes de quién se trata.
Callo una vez más.
–¿Verdad que sabes quién es la segunda víctima, Eric?
–No estoy seguro... –miento, tratando de interpretar mi papel del modo más verosímil posible.

–Ante todo, no fuerces –me aconsejó Rex en nuestras primeras sesiones juntos–. Hay gente que se cree que interpretar va de gritar, o de gesticular mucho, o de hacer movimientos muy grandes, pero qué va. Y menos cuando estás delante de una cámara. En la tele quieren gente que parezca real. Gente a la que verías a dos centímetros de tu cara y te la creerías. Porque la verdad es eso, tío: decir las cosas con naturalidad. Nada más.
A dos centímetros de tu cara... De repente pienso en esas palabras de Rex y recuerdo el miedo que sentí al escucharlas. ¿Soportaría mi verdad la cercanía de las cámaras? Iván me insistía en que sí cuando hacíamos teatro en el insti, pero aquello era muy

diferente. Allí solo me veían un montón de compañeros que pasaban de lo que estábamos haciendo. En la tele, si me cogían, iban a mirarme miles, millones —si todo iba bien— de personas que opinarían sobre mí, sobre mi personaje y, si les dejaba hacerlo, hasta sobre mi vida. Gente que me observaría con la misma atención con que Hugo y Gabriela lo hacen hoy. Buscando en mí cualquier gesto que pueda ayudarles a entender lo que ha sucedido y a desentrañar así la verdad.

—Vamos a empezar por el principio —decide Gabriela.
Coge una silla y la coloca frente a mí.
A dos centímetros —maldito seas, Rex: hasta en esto soy incapaz de no pensar en ti— de mi cara.
—Me lo vas a contar todo otra vez.
—¿Otra vez? —me quejo.
Ella asiente.
Así que, en un intento desesperado por ganar tiempo, empiezo hablándole de mí.
—Olvida eso —me corta—. No estoy aquí para que me sueltes una novela, Eric. Estoy aquí para que me digas qué cojones ha pasado esta noche. ¿Lo entiendes o no?
Puedo escuchar la respiración agitada de Hugo.
Su antigua estrella infantil y ahora icono joven de éxito, entre la vida y la muerte.
Su nueva apuesta, un actor sin experiencia pero del que todo el mundo dice que tiene algo especial, a punto de ser detenido.
Y la serie que más dinero está dejando en su agencia, si nadie impide el previsible desastre, a un paso de ser cancelada.
Hugo no me va a dejar salir de aquí sin conseguir darle la vuelta a todo eso.
Y Gabriela, tampoco.
—No quiero que me cuentes tu vida. Quiero que me hables de esta noche, de lo que ha sucedido.
—Es lo que intento hacer.
—No me hagas reír.
—No lo pretendía.
Gabriela suspira. Empieza a cansarse de mis evasivas y soy consciente de que, en breve, puede que pierda definitivamente los papeles.

—Vamos a probar desde otro ángulo...

Espero con cierta curiosidad a que dispare su pregunta.

—¿Por qué has venido voluntariamente?

Bien: esa es de las fáciles de responder.

—Pensé que eso me ayudaría... Iban a descubrirlo de todos modos.

—¿Por?

—Porque es la verdad.

Gabriela vuelve a suspirar.

—¿Te ha visto alguien?

Niego con la cabeza.

—¿Había testigos?

Vuelvo a negar.

—¿Entonces?

Me encojo de hombros y doy la única respuesta que se me ocurre.

—Era mi moto.

—Pero nadie te ha visto hacerlo.

Hugo se revuelve en la silla y, como si la imagen del atropello lo hubiese golpeado, se pone en pie de repente.

—Están las huellas de los neumáticos. Y la pintura.

—Hay miles de motos como la tuya.

—Pero el informe forense... —intento apostillar.

—Has visto muchas series —me corta.

—En realidad, las hago.

Gabriela me mira, por primera vez, con algo que se parece al respeto. Le hace gracia mi contestación a pesar de que mi actitud no nos esté ayudando. O, por lo menos, no tanto como a ella le gustaría.

—¿Qué hacías por esa zona?

—Pasaba por allí.

—¿Por un descampado a las afueras? ¿Un sábado a la una de la madrugada?

—Me gusta salir a dar una vuelta con la moto de vez en cuando.

Hugo suelta algo que se parece a una carcajada. Quizá en realidad no sea más que una arcada ante la imagen que no consigue arrancarse de su cabeza.

—¿Y Rex?

—¿Rex qué?

—Que si a Rex también le gustaba salir por los mismos sitios: por descampados en las afueras, a ser posible mal comunicados y sin nada más que un local abandonado cerca.

—Ni idea.

—Ya. Pero os habéis encontrado allí.

Asiento.

—Por casualidad.

Vuelvo a decir que sí con la cabeza.

—A mí puedes tomarme por imbécil, Eric, pero a ese inspector de ahí fuera, mejor que no. ¿Piensas que alguien en su sano juicio se va a creer esta mierda?

Es cierto: necesito medir lo que debo contar para proteger lo que quiero seguir callando.

—Sabía que Rex estaría allí.

—¡Al fin! —Hugo estalla en un grito que Gabriela le pide que sofoque.

—Sigue —me anima.

—Llevábamos semanas con problemas, pero...

—¿Por?

Las preguntas de Gabriela no me permiten dar rodeos. Cada vez que intento alejarme del tema para ganar tiempo, ella me devuelve a los hechos con una contundencia que amenaza el precario equilibrio de mi relato.

—Mi personaje no ha dejado de crecer en popularidad. Y cuando nos pasaron el mapa de tramas de la segunda temporada, daba la impresión de que iba a tener mucho más recorrido que el suyo...

—No puedo creerlo —en la voz de Hugo conviven la perplejidad y la decepción al mismo tiempo—. Sois dos niñatos. Dos putos niñatos.

Así que os habéis peleado.

—Se suponía que habíamos quedado para hablarlo.

—¿Os habéis mensajeado antes?

Mierda. No.

Niego con la cabeza.

—¿Y cómo se supone que habíais decidido veros?

—Lo hablamos el último día. En el estudio. Justo después de que nos repartieran el material de la segunda temporada.

—Así que has ido hasta allí porque pretendías arreglar las cosas con Rex, ¿eso es lo que estás intentando decirme?

Asiento.

Cada vez que respondo con un gesto, soy consciente de que solo intento ganar unos segundos para que mi siguiente réplica suene más convincente.

–Pero él no ha querido...

No digas nada, Eric.

Niega con la cabeza.

Y niego.

–¿No ha querido?

–Rex había bebido... mucho.

–¿Solo alcohol?

Me encojo de hombros.

–Sigue.

–Estaba fuera de sí... Muy violento. No había forma de que entrara en razón. De que pudiéramos hablarlo.

–¿Intentas decirnos que ha sido él quien te ha atacado?

Mueve la cabeza despacio, Eric.

De arriba abajo.

Solo una vez. Con una vez debería resultar suficiente.

–¿Alguna herida que lo demuestre?

Ha llegado el momento.

Me levanto la camiseta y dejo ver la marca que el puñetazo me ha dejado en las costillas. Sé que no tengo nada roto, pero he caído al suelo nada más recibir el golpe, doblándome de dolor e incapaz de respirar.

–Hazle una fotografía.

Hugo obedece, saca su móvil y graba un testimonio gráfico de mi contusión.

–Hay que empezar por aquí tan pronto como volvamos ahí dentro. Porque no van a tardar en pedirnos que regresemos... Eso también lo sabes, ¿verdad?

Venga, Eric, asiente de nuevo.

–¿Después de la paliza es cuando has subido a tu moto?

No sé si su puñetazo puede llamarse paliza.

Pero, aunque no le haya dicho toda la verdad, sí lo ha sido.

Porque podría también enseñarle las magulladuras en mis piernas.

Las marcas de las patadas que he recibido mientras estaba allí, en el suelo, intentando levantarme para salir de ese infierno.

Lo malo es que, si le cuento todo eso, quizá tenga que cambiar mi versión. Y la que acabo de contarle funciona.

Dos actores rivales.

Uno de ellos pierde la razón.

Una agresión que acaba con el agredido tratando de huir.

—Y entonces ha sido él quien ha tratado de tirarte de la moto mientras tú solo pretendías alejarte.

Él se lanza contra mí.

Yo lo esquivo.

Él vuelve a intentarlo.

Y yo lo arrollo.

—¿Defensa propia?

Despacio, Eric. Mueve la cabeza de arriba abajo muy despacio.

—Eso lo cambia todo.

—¿A mejor? —pregunto, aunque conozca la respuesta.

—Si no nos estás ocultando nada, sí.

Derecha a izquierda.

Di que no lentamente.

—Rex nunca fue fácil —sentencia Hugo: su testimonio nos será muy útil; su versión encaja con la mía.

—Solo hay algo que me preocupa —insiste Gabriela—. Esa segunda víctima.

No digas nada.

Guarda silencio, Eric.

—¿Estás seguro de que no la conoces?

—Lo estoy.

—En ese caso, ahora solo tenemos que volver a repasar los hechos, cerrar nuestra versión y prepararnos para declarar de nuevo. Si todo ha sido tal y como nos has contado, no tienes nada que temer. Llamaste a la ambulancia, prestaste auxilio a la víctima a pesar de haber sido agredido y hasta viniste a confesarlo.

En mi cabeza, por una décima de segundo, pasan todos los nombres que no he mencionado. Todas las causas que no he enumerado. Todos los años que no caben en la conversación que acabamos de mantener y que, sin embargo, son esenciales para explicar los huecos que faltan.

Solo espero que el inspector Alcira tampoco los encuentre.

—Puedes estar tranquilo, Eric —me asegura Gabriela mientras alguien se acerca—. Todo va a salir bien.

El policía de los ojos claros abre la puerta.

—Acaban de llamarnos del hospital.

Hugo me mira. Gabriela también. Los tres sabemos qué es lo que viene a continuación.

—Se trata de Rex.

—¿Está fuera de peligro? —pregunta Hugo con un inevitable halo de esperanza.

—Lo siento... Ha muerto.

6
LO QUE NOS ALEJÓ

EL TATUAJE

Después de la fiesta de presentación de la serie, Tania y yo tardamos casi dos semanas en volver a vernos.

Apenas un par de *likes* en alguna foto de Instagram.

O alguna huella en la visualización de nuestras *stories* que, desde que no estábamos juntos, se habían vuelto mucho menos interesantes.

Al final, harto de esperar a que ella reaccionase, fui yo quien rompió el silencio con un wasap.

–¿Hablamos?

No añadí ni una palabra más.

Tania tardó algunas horas en contestarme y, cuando lo hizo, no mostró un entusiasmo desmedido.

–Si quieres...

Me esperaba un reencuentro difícil. Hacía casi un año desde la pelea por la graduación. Casi un año desde que habíamos decidido arreglar los problemas a medias, esconder la basura debajo de la cama y dejar que esa misma basura, al final, acabara inundándolo todo.

Pero esta vez me prometí que no iba a ser así.

Esta vez tendríamos una de esas conversaciones que se me dan realmente mal, incluso con ella, y que exigen de mí un esfuerzo enorme para dominar todas mis inseguridades.

–Quiero –respondí.

Albergaba la esperanza de que fuera ella quien eligiese, al menos, el sitio y la hora. Cuando quedo con alguien, sobre todo si ese alguien me importa de verdad, prefiero no ser yo quien escoja ninguna de esas dos coordenadas. Así evito sentirme culpable si el lugar no resulta adecuado o si la hora tampoco es la más conveniente. Odio tener la sensación de que provoco esfuerzos en los demás, de que me convierto en una obligación. Quizá porque –gracias, papá; gracias, mamá– he sentido que lo era durante demasiado tiempo para la gente que me rodeaba.

Yo ya sabía por Rex, con quien me veía casi a diario en el rodaje, que él y Tania habían empezado a salir juntos, a pesar de que me costara encontrar rasgos comunes entre ambos.

–Tania también sabe lo que es pasarlo mal –me explicó un día mientras acabábamos de grabar una escena–. Con el resto del mundo solo puedo hablar de quién soy ahora. Pero ella también es capaz de entender bien a quien fui antes: el niño gordito de la tele, ¿recuerdas?

No me pareció un motivo suficiente: una relación basada solo en el testimonio del pasado y, más aún, en los recuerdos dolorosos de ese tiempo anterior estaba condenada a morir pronto.

¿Cuántos fantasmas caben en una historia de dos?

¿Y qué sentido tiene compartirlos? ¿Qué hacían exactamente? ¿Compadecerse por haber sido víctimas de quienes los humillaron, o alimentar el odio contra quienes lo hicieron?

Cualquiera de las dos posibilidades me resultaba igual de enfermiza, pero a Rex no le dije nada, por supuesto. Nunca fuimos tan amigos como para compartir nuestros verdaderos pensamientos, aunque Hugo e incluso parte del equipo de la serie estuvieran convencidos de que sí.

–Es genial escribir para vosotros –nos dijo Amaia después de leer el guion del capítulo con el que se cerraba la temporada–. Lucas y yo sabemos que en la pantalla vamos a encontrar la misma química que tenéis fuera de ella. Y eso, si os soy sincera, nos inspira.

Rex demostró que le había gustado aquel comentario con esa pose que adoptaba cuando alguien le decía algo positivo y que consistía en hinchar los músculos para que se marcasen aún más de lo que lo hacían habitualmente, como si estirar su cuerpo fuera el modo de agrandar también su propio ego.

Yo no recuerdo haber respondido absolutamente nada al comentario de Amaia. Solo pensé que ella y Lucas habían inventado un relato –lógico, ese era su trabajo– que transcurría fuera de la ficción para buscar en él nuevos hilos de los que tirar en la historia que sucedía dentro de ella.

—No sabía si vendrías.
—¿Y eso por qué, Eric?
Tania se molestó. Mucho. Y la verdad es que tenía razón. Me arrepentí de lo que había dicho nada más acabar mi frase, pero sentía que estábamos tan lejos que no pude contenerme a tiempo.
Podía no haber acudido. Podíamos no habernos visto. Podía haberse inventado alguna excusa para no aparecer por allí y seguir enfadada por motivos que, a esas alturas de nuestra relación, casi se me escapaban.
—Lo siento —me disculpé—. No quería decir eso.
—Sí querías... Por eso lo has dicho.
Era obvio: no me lo iba a poner nada fácil.
Tania estaba convencida de haberme pasado por alto demasiados errores como para no exigir por mi parte un compromiso que, sinceramente, no sabía cómo mostrarle.
Según su versión, nos habíamos distanciado porque no me había comportado con la lealtad que exigía una amistad como la nuestra. La lejanía era la consecuencia de la rapidez con la que había olvidado los malos momentos que habíamos superado juntos y la sencillez con que los había cambiado por otros donde trataba de dejarlo todo atrás gracias a mi éxito reciente.
—Que no sabes cuánto va a durar, por cierto —apuntó, aunque aquel comentario pesimista no fuera, ni mucho menos, necesario—. Pero eso es, de repente, lo único que aquí importa. Lo único que a ti parece que te importa.
Según mi versión, sin embargo, esa distancia que yo también sentía no tenía que ver con mi supuesta falta de lealtad, sino con su incapacidad para el olvido. Llevaba tantos años asomándose a sus propias heridas que había abandonado la idea de cerrarlas. De algún modo, el rencor le permitía darle sentido a sus pesadillas, mientras que superarlo podía obligarla a pensar que aquello, en realidad, pudo haberse evitado.
Conocía bien esa forma de obstinación. La que te hace creer que hay algo que no puedes dejar escapar, aunque te duela, porque es la clave que lo explica todo.
La justificación perfecta.
La razón que hará que te sientas menos idiota. Y menos solo.
La actitud de Tania, que su relación con Rex había intensificado, era la misma que mostraba mi madre cuando paseaba el

informe psicológico de la doctora García por todos los departamentos de mis profesores. La misma que exhibía cada vez que atribuía mis tropiezos, fuera o dentro de clase, a ese don que necesitaba ver brillar en mí para que el luto por la hija perdida no le doliera tanto.

Estaba harto de darles la razón –a ella y a Tania– para no discutir. No podía seguir diciéndoles que las entendía cuando pensaba que se equivocaban. Cuando creía que seguir instaladas en ese pasado del que no querían salir era un modo de no afrontar de verdad su presente.

–¿Me estás diciendo que las heridas no duelen? –la ira de Tania crecía por momentos–. ¿Para eso me has hecho venir, Eric?

–Te estoy diciendo que no podemos permitir que nos definan... Yo soy más que mis cicatrices. Y tú también.

–Eso suena muy bien, pero no es cierto... ¿O te crees que mis inseguridades no tienen que ver con todo aquello? Con lo que me hizo Cristian... Con lo que luego volvió a hacerme Óscar... Porque me sigue dando pánico a veces salir a la calle. Y en cuanto veo a alguien con un móvil cerca de mí... Cuando creo que me están apuntando, que van a hacerme otra fotografía, que me van a colgar por ahí, en una red cualquiera, para convertirme en la gorda graciosa de nuevo... Entonces me cuesta respirar, Eric. Y tengo que pulsar para bajarme del bus. O correr hacia la puerta para salir del metro. O esconderme en algún portal donde no me vean en pleno ataque de ansiedad. Intento controlar mi cuerpo, pero mi cabeza no me deja: surgen otra vez esos meses. Esos años. Porque aquello duró cuatro años... Y tú estabas allí... Y eso no es que yo me defina por nada. Eso es que me sigue doliendo. Rex lo entiende. Y tú, no sé por qué, tú no. Tú prefieres fingir que nada ha sucedido. Que no hemos sido los bichos raros durante demasiado tiempo. Tanto que, a veces, no sé si todavía hoy lo seguimos siendo.

–A lo mejor a mí eso ha dejado de importarme, Tania. O a lo mejor le he dado la vuelta. Porque antes puede que eso fuera un asco. Pero ahora... Ahora quizá ser un bicho raro sea lo mejor que podría pasarnos.

–Pero ¿qué dices?

–Digo que no quiero ser gris. No quiero ser como Cristian. Ni como Óscar. Ni como esa gente que necesitaba herirnos para que su vida no diera tanta pena. A mí me gusta esto. Me gusta ser así. Y ser así contigo.

No sé si Tania entendió lo que estaba intentando decirle.

Quizá no supe hacerlo. No supe contarle que nuestra amistad era uno de los pocos lugares en que conseguía reconocerme. Porque para ella nunca fui especial por los motivos por los que otros me hacían sentirme así. Ni siquiera quienes creían que estaban siendo abiertos e integradores y tolerantes –cómo odio esa palabra: tolerantes…– y presumían de las ganas que tenían de conocer a alguien trans, como si fuéramos un pin para su colección de diversidad y buenrollismo cotidiano.

Tania era –es– diferente.

No me vio jamás como una cuota en su mundo. Ni como una bandera que tuviera que hacer suya. Ni como una causa *cool* que le diera sentido a su paso por el instituto.

A Tania no le importaba si iba o no a hormonarme, salvo que eso me pudiera importar a mí. Jamás me preguntó por las decisiones que tomaría o dejaría de tomar con mi cuerpo, aunque sí sabía escucharme cuando le hablaba de las desavenencias que sentía con él. Cuando no me atrevía a salir de casa porque, tras cambiarme de ropa quince, dieciséis o diecisiete veces, solo podía ver en mí la maldita disforia.

Para ella, yo era especial por cosas mucho más importantes. Y mucho más sencillas. Era especial porque nos gustaban las mismas canciones de Cavetown y Mother Mother, porque nos sabíamos de memoria las letras de todos los temas de *Hamilton*, porque nos encantaba hacer juntos maratones de *Pose* y de *Glee* o porque los dos habíamos decidido que, cuando triunfáramos, queríamos que Greta Gerwig nos fichara en una peli y ser como Saoirse Ronan (ella) y como Timothée Chalamet (yo).

–Te he traído algo.

Las palabras no me estaban ayudando, así que decidí probar con un gesto que confiaba en que sirviese para acabar de explicar todo lo que no sabía decirle.

En mi cabeza –siempre es en mi cabeza o, cuando me decido a dejarlas por escrito, en mi ordenador– circulaban todas las frases que habría sido necesario expresar aquella noche, pero unas veces me callaba porque me sonaban demasiado solemnes y otras porque me parecían demasiado estúpidas.

Quizá si le daba eso que le había hecho...
Lo busqué en mi bandolera y le pedí que me acercara su mano.
—¿Para?

Tania reaccionó con desconfianza, cansada de una conversación que no llegaba a ninguna parte y donde seguía con la impresión de que las dos personas que se habían sentado allí no eran las mismas que se habían conocido cinco años atrás.

—Dámela, por favor.

Al fin, saqué la pulsera de tela negra que había preparado y la anudé con suavidad en su muñeca. Había confeccionado dos brazaletes idénticos —uno para ella, otro para mí— en los que había escrito con rotulador indeleble el mismo lema:

nosotrxs

Podía haber buscado un método más sofisticado, pero la idea era que esas pulseras fueran tan auténticas como las que nos hacíamos cuando sobrevivíamos juntos, en un equilibrio siempre inestable entre la presencia y la ocultación, en nuestros tiempos del instituto.

—¿Y esto?
—Esto es que estoy orgulloso de ser tu amigo.

Esperaba una mirada cómplice.

Un «lo siento».

Esperaba que se acercase a mí y que pusiéramos fin a esa distancia ridícula que me estaba privando de una de las pocas personas que merecen la pena en mi vida.

Pero eso, a pesar de que en mi imaginación sí había sucedido, no ocurrió.

—Supongo que necesito tiempo para creérmelo —fue todo lo que dijo—. Gracias por la pulsera.

Y se marchó.

«Al menos no se la ha quitado», pensé mientras la veía alejarse de mí sin ese abrazo que tanto habría necesitado esa noche.

Todas las noches.

Desde que la fama empezó a ser real, mi soledad se ha vuelto distinta. Porque ahora tiene eco. Ahora la que vivo es una soledad en compañía. Rodeado de gente que no sé si quiero que pertenezca de verdad a mi vida ni, en caso de que decida admitirla, qué podrá aportar a ella.

De algún modo, la pregunta que me repito es la misma que me he formulado siempre: ¿me quieren por lo que soy o por como ellos creen que soy? ¿Por lo que hay en mí o por lo que ven de mí? ¿Por lo que nos diferencia o por lo que nos une? Y como no soy capaz de dar respuesta a mis interrogantes, prefiero seguir a cuestas con mi escudo, con esa armadura de la que ya hablaba mi informe –al final sí que fue rentable aquella consulta, ¿verdad, mamá?– y que impide que se acerquen demasiado quienes podrían llegar a hacer daño.

–Y quienes podrían hacernos bien –me regaña Drew cuando hablamos de esto. Aunque, en realidad, Jessica, Matt y yo sabemos que ese reproche va, sobre todo, dirigido a sí mismo–. Si desconfías de todo el mundo, ¿quién va a formar parte de tu vida?

–Con *vosotrxs* es bastante –les respondo, y ellos llenan la pantalla del chat común de corazones.

Excepto Drew.

–Sabes que no es verdad.

Emoticono de sorpresa.

Interrogaciones.

Gif de duda.

–A veces los abrazos tienen que ser físicos. Aunque nos rompan.

Aquella era una de esas ocasiones de las que hablaba Drew. Y yo, aunque no se lo hubiera confesado a Tania, esperaba uno suyo. Cálido y fuerte.

Eso habría significado que me había entendido. Que estaba dispuesta a dejar que el pasado no nos devorase.

Pero no sucedió.

Se llevó la pulsera consigo y confié en que, cuando la mirase, tuviera alguna duda sobre lo que acababa de suceder.

«Será mi talismán», me dije. Y, como si le hubiera ofrecido un amuleto mágico, deseé que desatara en Tania la necesidad de hablar conmigo de nuevo. De abrirse algo más de lo que lo había hecho en esa noche en la que había llegado tan cargada de verdades que se había olvidado de traer también algún silencio.

No puedo decirte si no me escuchas.

No puedo abrazarte si no te acercas.

Llegué a casa con un sentimiento de derrota incómodo. Una tristeza que se parecía demasiado a una señal en dirección a la vida adulta, así que combatí esa amenaza de madurez revisando vídeos y fotografías de nuestros momentos juntos. Y los mejores eran todos en los que nos reíamos sin que ni siquiera necesitáramos motivos. Esos días en que la felicidad no tenía por qué responder a una causa, simplemente era. Sucedía.

Podía elegir rendirme, claro.

Podía conformarme con los nuevos amigos, con los que se acercaban en el rodaje, con los que me escribían a través de las redes, con los que querían llevarse consigo parte del éxito de *Ángeles*.

Podía darle la razón a Hugo cuando me insistía en que era mejor que las relaciones, en adelante, fueran con gente de mi mundo.

—Gente de tu nivel —insinuó.

Podía borrar a la chica tímida de gafas gruesas y ropas oscuras de mi vida. Incluso de la memoria de mi móvil. Y de mi ordenador.

Podía sacar todos aquellos recuerdos que ahora me dolían y convencerme de que era ella la que no había sabido estar a mi altura, por culpa de esa razón —la envidia— con que nos justificamos cada vez que nos falla algo con alguien.

Podía, sí. Pero ese no era yo.

Ni la había dejado marchar ni estaba preparado para pedirle que se fuera. Al revés. Iba a poner todo de mi parte para reconstruir lo que nos unía.

Y, mientras miraba nuestros vídeos antiguos, me di cuenta de algo en lo que, hasta ese momento, no había caído.

Fue como si proyectasen ante mí un primer plano. Como si la cámara se acercara a la muñeca de Tania en el mismo momento en que yo le ponía la pulsera de la que llevaba dos copias y con la que esperaba que nos uniésemos un poco más.

Entonces caí en que, en su muñeca, había visto algo que no aparecía en ninguno de aquellos viejos vídeos.

Era un dibujo pequeño, minúsculo, casi imperceptible.

Silueteado en negro y con una forma que había descubierto en alguien más hacía no mucho tiempo.

Tanía lucía en su muñeca un tatuaje exactamente igual al que llevaba Rex en su tobillo izquierdo.

Un círculo.

EL GUION

Al principio pensé que se trataba de un símbolo privado.

Aquel círculo era la prueba de que Tania había encontrado en Rex un reflejo de sí misma mejor del que, al parecer, obtenía conmigo.

Tuve que esforzarme por distinguir mis emociones. Y hasta me cuestioné si lo que sentía por ella era una simple amistad o si, en realidad, llevaba años enamorado sin saberlo.

Me sentía confundido. Perdido. Y, lo peor de todo, rabioso.

No era capaz de trabajar con Rex sin pensar en su tatuaje. En el momento en que habría convencido a Tania de que se hiciera el suyo. Aquella marca con la que ambos habían marcado su piel hacía que mi gesto, una simple pulsera con un *nosotrxs* escrito a rotulador, fuera entre patética y lamentable. Quizá las dos cosas al mismo tiempo.

Hubo un par de veces en que estuve a punto de preguntárselo.

—¿Por qué un círculo?

No sé si Rex me habría respondido, porque su extroversión se volvía muro ante ciertos temas.

Era una reacción imprevisible y, a menudo, ilógica. Como si la conversación hubiese golpeado alguna zona sensible de su memoria y fuese incapaz de controlar sus palabras.

Algo así fue lo que pasó el día que nos presentaron el guion del final de la primera temporada. Para escribir el décimo episodio, tanto Lucas como Amaia habían tratado de cerrar algunos de los conflictos a la vez que abrían otros que provocaran la impaciencia del público.

—Por si nos renuevan —se justificaron el día de la lectura, como si fuera necesario formular en voz alta el deseo que compartíamos todos los que estábamos allí.

En general, la trama del capítulo nos pareció aceptable. No lograron despertar el entusiasmo que habían levantado con los iniciales, pero quizá aquello se debía al cansancio del proceso o, sencillamente, a que desde la producción se habían ido sumando tantos cortes de presupuesto en busca de una mayor rentabilidad que lo que al principio de la serie era espectacular, ahora resultaba descafeinado.

A pesar de eso, los diálogos de Lucas y Amaia seguían funcionando. Las situaciones resultaban creíbles. Y el arco de los personajes mantenía una notable coherencia con lo que se había ido diciendo de ellos a lo largo de toda la ficción.

Salvo en un caso.

—No pienso rodar esto. Ni de coña.

Rex tuvo una de sus reacciones airadas y, con actitud de divo, salió de la sala donde estábamos terminando la lectura.

—No voy a hacerlo, ¿me oís? —gritó desencajado—. ¿Me estáis oyendo?

La escena que había provocado esa reacción de ira en Rex era la de su reconciliación.

En la serie interpretaba a Olsen, un chico que había sido víctima de acoso durante años y que, al salir del instituto, se reencuentra con Héctor, la persona que le había hecho la vida imposible en clase.

—Es una escena sobre las segundas oportunidades —Amaia intentó sin mucho éxito defender su trabajo.

—Sobre las razones que explican hasta nuestras acciones más monstruosas —la secundó Lucas.

—Los monstruos no tienen razones —los cortó Rex—. Por eso son monstruos. Y no voy a ayudaros a grabar esta mierda con final feliz para que la gente se crea que sí.

Era verdad que aquella escena resultaba extraña en medio de una trama donde todos los personajes evolucionaban hacia lugares más complejos y, según afirmaba la promoción de la serie, más oscuros. Pero también sabíamos que desde producción llevaban tiempo exigiendo «algo más de luz», así que parecía obvio que los guionistas habían optado por suavizar el conflicto de uno de sus personajes adolescentes para que esa luminosidad, por artificial que fuese, tuviera lugar.

–¿Te importa? –Hugo, que ese día había venido invitado por la productora, no necesitó añadir nada para que yo entendiese lo que me estaba pidiendo.

Salí de la sala en busca de Rex, con la única misión de lograr que se serenase y regresara para terminar la lectura con nosotros.

Sabía que estaría en la sala de *fitness*, un espacio gigantesco que habían habilitado para que allí entrenasen quienes, como él, no podían pasar un solo día sin cuidar sus rutinas y a la que íbamos dos o tres veces por semana los menos entusiastas.

Estaba sentado en una de las máquinas, haciendo piernas, moviendo setenta kilos de arriba abajo, sin darse tregua, marcando la respiración, dejando a la vista aquel tatuaje que hasta parecía brillar a causa de las luces y el sudor.

–¿Se puede saber qué ha sido eso?

No me respondió.

Sumó una carga más –de setenta a ochenta kilos– y siguió entrenando.

–¿Crees que somos imprescindibles, Rex? ¿Es eso? Porque si necesitas que alguien te baje a la realidad, puedo intentar hacerlo yo.

Se rio.

Me lo temía: algo me decía que tratar de comportarme como si fuera Hugo no me iba a funcionar.

Puso otra carga. Ahora ya eran noventa.

–Rex, por favor.

Volvió a reírse.

Mi tono de drama romántico tampoco había sido nada convincente.

Estaba a punto de poner otra carga más cuando decidí acercarme hasta la máquina y agarrar su mano con fuerza.

–Que me hables, joder.

No tuvo que esforzarse para zafarse de mí y, sin pensarlo, me dio un golpe que acabó conmigo en el suelo.

–Lo siento –se alarmó–. Lo siento, tío.

Me tragué mi orgullo para no salir de allí en ese mismo instante.

–¿Te encuentras bien?

Había estado a punto de darme con una de las máquinas, pero, por suerte, conseguí esquivarla. Así que sí, estaba bien. Algo magullado en mi amor propio, pero bien.

–¿Me vas a explicar qué te pasa? Lo de ahí dentro ha sido demasiado, Rex... Y lo de ahora...

–Lo que me pasa es que no quiero ser su cómplice.

–¿Cómplice de quién?

–De quienes nos hacen creer que nada importa de verdad. De esa gente que nos toma por imbéciles.

–No creo que el guion diga eso. Hablan de cambiar. De tratar de avanzar.

–Hablan de blanquear a los agresores. De convertirlos en víctimas –su mirada estaba llena de una mezcla de sentimientos en la que no podía diferenciar dónde empezaba el odio y dónde acababa el dolor–. Si te jodieron es porque ellos también estaban sufriendo, ¿no es eso? Así que hay que entenderlos, ¿verdad? Pero es que todos sufrimos, tío. Todos tenemos nuestras movidas y no vamos destrozando la vida a los demás. Esa es la diferencia.

Habíamos entrado, era obvio, en terreno personal. No tenía muy claro por dónde nos movíamos, así que decidí que iba a dejarle hablar tanto tiempo –y dando tantos rodeos– como él considerase necesario.

–Tú tienes que haberlo sentido también, Eric. ¿O no?

Pues claro que lo había sentido. Pero detesto que todo el mundo lo presuponga. Me fastidian quienes me miran buscando complicidad tan solo porque soy diferente. ¿Y quién no lo es? ¿Por qué mi diferencia debería ser más traumática, o más obvia, o más dolorosa que la de cualquier otro? Tuve que contener mi impulso de largarme de allí por segunda vez. Mientras Rex buscaba una toalla para secarse el sudor, yo intentaba no dejarme arrastrar por la marejada de rencor que sus palabras habían levantado.

–Aunque a lo mejor no has perdido a nadie... Y eso, te lo aseguro, lo cambia todo. Lo cambia para siempre.

La voz de Rex se ensombreció.

Se sentó en uno de los bancos de pesas y trató de obligarse a callar mientras subía y bajaba –con la misma rabia que hacía solo unos minutos– un par de mancuernas. Apretó los dientes y se concentró en el reflejo que le ofrecía el espejo del gimnasio. No sé si se miraba con ira o con arrogancia; era imposible adivinar qué estaba pasando por aquella cabeza que trataba de buscar en la actividad física el modo de silenciar su actividad mental.

–¿No te vas a ir nunca?

Estuve a punto de negar con la cabeza, pero me pareció que ese sería un gesto redundante. El simple hecho de seguir allí, sin siquiera moverme, ya era una respuesta.

−¿Si te lo cuento me dejarás en paz?

Me encogí de hombros: ¿cómo le iba a asegurar que sí antes de saber en qué consistía lo que me iba a contar?

−Eres lo peor, Eric...

No fue exactamente una sonrisa, pero se parecía. Al menos dejó de subir y bajar aquellas pesas de una vez.

No sé cuánto tardó en hablar de nuevo.

Lo que sí recuerdo es que su historia comenzó y acabó de la misma manera.

Con una única palabra.

Chloe.

SÁBADO, 13 DE JULIO
03:46 a. m.

–¿Hasta cuándo piensan tenernos aquí?

Hugo está agotado.

Desde que se ha confirmado la muerte de Rex, su móvil no ha dejado de sonar: condolencias, notas de prensa, Valeria y sus estrategias de comunicación... Demasiado que hacer como para permitirse el lujo de venirse abajo a pesar de que, si no me equivoco, es justo lo que necesita.

Lo que necesitamos.

A él le duele una muerte que no entiende y en la que, además, ha quedado claro que no solo estoy implicado, sino que soy culpable.

–Ha sido en defensa propia –argumenta Gabriela–. Mientras podamos probar algo así, no habrá problema.

Ha muerto un chico de mi edad.

Un compañero.

Así que claro que hay un gran problema.

Un maldito problema que no sé si alguna vez podré cicatrizar.

–Si él no se hubiera abalanzado sobre ti, esto no habría pasado... Y si ha ocurrido tal y como nos lo has descrito, las pruebas forenses no tardarán en darnos la razón –hace una breve y significativa pausa–. Porque ha ocurrido tal y como nos lo has descrito, ¿verdad, Eric?

Asiento con toda la convicción de la que soy capaz, apoyándome en lo que sí es cierto de esa afirmación –Rex se abalanzó– y obviando lo demás.

–¿Cuándo crees que nos dejarán marcharnos? –insiste Hugo, que parece encontrarse al borde del ataque de ansiedad.

–En cuanto decidan que pueden compartir con nosotros la identidad de la segunda víctima.

–¿Y si no dan con ella tan pronto?

Gabriela sonríe con una mueca sarcástica ante la ingenuidad de mi representante.

—Solo están esperando a atar cabos antes de contárnoslo. El inspector querrá saber qué relación hay entre esa otra víctima y Rex. Y, más aún, entre esa víctima y Eric.

—Esto es una pesadilla —Hugo se revuelve en la silla y se pone en pie de nuevo—. Necesito salir un minuto.

Desabrocha el cuello de su camisa.

Intenta respirar, pero le cuesta.

Sale de allí sin decir una palabra más, en busca de un oxígeno que, me temo, no va a encontrar tampoco fuera de la comisaría.

El problema de esta noche no es el espacio.

Es el tiempo.

Los minutos que transcurren como si fueran una condena.

Lentos.

Amenazantes.

Cada segundo como una nueva acusación.

Una posibilidad de que todo se destruya para siempre.

O quizá ese todo —sea lo que sea— se haya destruido ya.

—No me vas a contar lo que falta, ¿verdad?

Gabriela me observa con atención, más pendiente de mis gestos que de mis palabras. Convencida de que su pregunta le permitirá leer mi respuesta incluso si no llego a pronunciarla.

Pero se equivoca.

Estoy agotado.

Estoy al borde de la que, posiblemente, será la crisis emocional más grave de mi vida.

Estoy lleno de dudas.

Estoy en una situación extrema, sí.

Pero soy un superviviente.

Y, más aún, soy actor.

Así que, a pesar de sus intentos por sonsacarme, consigo mantenerme sereno.

Le he dicho la verdad, me repito. Le he dicho, al menos, una parte de la verdad. No tengo por qué desvelar cuanto no es necesario que sepa. ¿Le devolvería eso la vida a Rex? No. Además, si lo hiciera, tendría que empezar desde el principio. Y hablarle de gente que ni siquiera he llegado a conocer.

Como Chloe.

–¿Puedo confiar en ti, Eric?

–Por supuesto –es todo cuanto respondo.

Ella me sonríe. Hay cierta complicidad en su gesto. Quizá porque lo que nos une a ambos es que, en campos y edades muy diferentes, tanto ella como yo hemos logrado que se nos conozca por nuestro presente: sus logros judiciales, mi suerte televisiva.

Esa puede que sea la auténtica diferencia que me une a Gabriela y que, a la vez, me separa del resto del mundo. No es una cuestión solo de identidad, sino de tiempo: ella y yo fuimos conscientes de que estamos fragmentados mucho antes de que el resto del mundo se diera cuenta de que también lo está, cuando sus facetas –ser hijo, ser hermano, ser amigo, ser padre, ser amante, ser compañero, ser antagonista, ser anónimo, ser persona– se superponen y dan lugar al caos que yo intuí por primera vez con siete, ocho años. El caos que, seas quien seas, al final te alcanza.

–Gabriela, confía en mí –le pido–. Por favor.

–Lo intento, de verdad. Aunque mi labor no es creerte, Eric. Con sacarte de aquí me conformo.

–Lo sé.

–¿Quieres que avisemos a alguien? Puede que tu familia esté preocupada... ¿No deberíamos hablar con tu madre?

–No es necesario. Prefiero hablarlo con ella mañana... Fuera de aquí, a ser posible.

–¿Y con tu p...?

La detengo antes de que lo diga.

–No.

–Ya... A veces es bueno perdonarlos.

Podría evitar la discusión, pero no me apetece hacerlo.

–¿Y si no se lo merecen?

–¿El tuyo no se lo merece?

–El mío ha elegido no serlo.

No tengo ganas de seguir hablando de esto, así que agradezco el regreso de Hugo, que vuelve con la misma expresión de cansancio, pero algo más sereno de lo que se marchó.

–¿Seguimos sin novedades?

–Estoy convencida de que el inspector va a volver a entrar de un momento a otro.

—Hay algo que... —es obvio que Hugo ha estado reorganizando sus ideas durante el tiempo que ha permanecido fuera. Dentro es fácil digerir los hechos como si no hubiera contradicciones entre lo que ha sucedido y lo que yo les cuento; pero fuera, lejos de esta sala minúscula, las ideas puede que se abran más, incluso que se conecten de manera que ofrezcan otras explicaciones. Otros universos posibles en los que mi verdad es solo una opción entre otras muchas—. Hay algo que no entiendo, Eric.

La expresión de Gabriela oscila entre el miedo y la esperanza. Miedo porque teme que Hugo pueda decir algo que ponga en jaque toda mi defensa. Y esperanza porque le gustaría que lo que nos cuente sirva, al contrario, para sostenerla.

—Si tan mala era vuestra relación, ¿por qué intercediste por Rex cuando ocurrió lo del guion? Podían haberlo largado de la segunda temporada de la serie después de la bronca que montó. Pero tú lo apoyaste... ¿Por qué?

Chloe.

Chloe.

Chloe.

Para responder a su pregunta debería hablarles de Chloe.

Pero si lo hago, todo se volverá más transparente.

Y entonces podrán vernos.

O, al menos, intuirán lo que se esconde detrás de esta noche.

Si les hablo de Chloe, llegaremos a las raíces de Rex.

A sus demonios.

Al Círculo.

A sus tres reglas.

Y a los nombres que estoy tratando de callar.

No puedo darles todo eso. Ni siquiera a ellos. Si lo hago, se verán obligados a compartir esa información y mi esfuerzo de hoy no habrá servido de nada.

—Lo apoyé porque tú me lo pediste, ¿recuerdas? Y además, Rex tenía razón... En la productora nunca se nos escucha a los más jóvenes. Tanto Selene como yo estábamos de su lado.

—Selene apenas se manifestó.

—Firmó la misma queja que nosotros.

—Ya, Eric, pero ese documento lo redactaste tú.

—Porque no soy malo escribiendo... Y me lo pidieron.

—¿Quiénes? —se interesa Gabriela.

—Rex y Selene.

—¿Los dos? —Hugo sigue sin creerme del todo, a pesar de que, esta vez, cuanto le digo es cierto.

—Los dos. Yo solo redacté algo que los tres pensábamos. Pero eso no quiere decir que Rex no me la tuviera jurada... Y hoy se le fue la pinza —puede que mi relato no sea exacto, pero mis ganas de llorar sí que lo son. Aprovecho esa emoción real, esa impotencia de lo que me habría gustado evitar, para que mi historia resulte aún más verosímil–. Ya os he dicho que Rex había bebido mucho. No sé, lo mismo hasta se había metido algo... Últimamente estaba distinto.

Eso también es cierto.

Las veces que me ofreció y las que yo tuve que decirle que no. Su «no seas moñas» y mi «paso de eso».

A Rex le costaba divertirse sin esa dosis extra con la que lograba olvidarse de quién era. De todo lo que lo rodeaba. Estaba de acuerdo con él en que resultaba repugnante blanquear la violencia, por eso lo apoyé en la polémica del guion igual que rechacé la campaña que me propuso Hugo. Aunque entre no romantizar el acoso y revolcarse en él había una enorme diferencia. De ahí que me preocupara tanto que Tania formase parte de su mundo. No quería que la arrastrase a esa oscuridad. Ella ya tenía suficiente con la suya como para sumar, además, infiernos ajenos.

—Entonces, ¿se supone que me tengo que creer que hoy estabais los dos juntos en ese descampado... bebiendo? —Gabriela insiste en las zonas más débiles de mi relato. Y está claro que el dónde es una de ellas.

—No era la primera vez que íbamos —de nuevo, es una mentira parcial: para mí si lo ha sido, pero para Rex no–. Es un buen sitio para desfasar: lejos de todo y donde nadie nos conozca...

—Ya —no sé si eso quiere decir que empieza a creerme o que ha decidido fingir que lo hace.

—Desde que la serie empezó a emitirse es... —me cuesta corregir el verbo y volverlo pasado: ya no es ni tampoco podrá volver a ser–. Era. Era muy difícil quedar juntos sin que alguien nos reconociese. Por eso nos íbamos allí de vez en cuando. Para respirar.

—¿A pesar de ser rivales?

—Es que no éramos rivales... —cuando digo, como ahora, cosas que son parcialmente ciertas, mentir me resulta mucho más sencillo. Quizá por eso, porque llevo toda la noche callando, o porque acabo de darme cuenta de que la muerte de Rex es real, comienzo a hablar sin controlar nada de lo que digo. Incapaz de frenar las palabras que surgen directamente desde mi estómago–. Rex y yo solo somos..., éramos..., Rex y yo solo éramos dos tíos que la cadena disfrutaba enfrentando porque eso vende más. Mira los últimos reportajes, los últimos vídeos que han lanzado en la cuenta oficial. Da la sensación de que hay que ser del *Team Rex* o del *Team Eric*, como si no tuvieran bastante con saber que el número de seguidores de la serie es cada vez mayor. No, ellos quieren presumir de *fandom*, de cuánta gente se haría un selfi con nosotros o nos cancelaría en un segundo si supiera algo de nuestras vidas que no le gustase, como que Rex se ponía ciego de todo, por ejemplo... Pero eso, Gabriela, no es lo mismo que ser rivales. Eso es que éramos compañeros que se intentaban llevar lo mejor que podían. Aunque a veces te supera, a veces la presión te desborda, y entonces culpas al que tienes más cerca de lo que te está pasando. Y supongo que eso es lo que hizo Rex: se creyó que si no le iba tan bien como le habría gustado era porque yo le hacía sombra, o porque lo ponían en un segundo plano por mi culpa, o porque los guionistas me daban más escenas y las mejores frases... A lo mejor para ti todo eso es una estupidez, a lo mejor no lo entiendes, pero si fueras yo, te aseguro que sabrías cuánto importa. Y sí, se puede perder la cabeza por algo así. Claro que se puede perder la cabeza, porque aquí estamos expuestos todo el tiempo. En la pantalla. En nuestras redes. ¿Sabes que nos obligan a mantener un número mínimo de seguidores? Seguro que no... Seguro que no sabes ni la mitad de cómo va esto, de cómo controlan tu vida privada, de las reuniones en las que te dicen lo que puedes y lo que no puedes contar. Yo, por ejemplo, solo puedo hablar de la parte de mí que está firmada por contrato. Sin más detalles. Porque tengo que ser un icono positivo, ¡un referente! Eso me han dicho. Y hay una lista de cosas que no puedo hacer o, por lo menos, que nadie puede ver que hago. Si eso ocurre, a la mierda el contrato, la serie y mi futuro. Y aquí, cuando te dan un no, es un no para siempre. Para este proyecto y para todos los demás. Así que la presión es enorme. Infinita. La presión es tan grande que acabas con terapia. Y con ansiolíticos. Porque no hay quien maneje todo esto sin volverse un poco loco, cuando te ves allí, en esa pantalla gigantesca, en ese cartel que llena los autobuses, en esa parada donde está tu cara, aunque no seas tú, porque lo que ven los demás es el personaje que se han inventado, o el que imaginan, o el que tú mismo finges ser en tus redes. Así que una noche puede que te pase como a Rex: que no controles. Que tomes más de lo que debes. Que te dejes llevar hasta que estallas en el peor momento posible. Y lo que debería haber sido una bronca estúpida se convierte en un accidente. En un puto accidente. Algo que no debería haber sucedido jamás.

Me rompo.

Lo intento evitar, pero soy incapaz de contenerme.

Así que me dejo llevar y, al fin, me rompo.

Ahora mismo, lo único que necesito a mi alrededor es el espacio que este cuarto ridículo me impide tener.

Gabriela y Hugo guardan silencio mientras me dejo caer sobre una de las sillas. Permiten que me venga abajo. Que patalee como un crío contra el suelo. Que llore como un niño al que le gustaría que nada de lo que ha ocurrido esta noche hubiera sucedido de verdad.

Si lo hubiera sabido antes...

Si me lo hubieran contado a tiempo...

O si yo lo hubiera averiguado...

Pero no podía imaginar que ese círculo significaba algo así.

Ni que nos acabaría trayendo a una madrugada tan terrible como esta.

Gabriela mira su reloj y deja pasar el tiempo que considera preciso antes de volver a aconsejarme. Debe de pensar que, ahora que he liberado parte de los fantasmas que me atormentan, soy aún más peligroso que antes, porque corremos el riesgo de que vuelvan a escaparse en el próximo interrogatorio. El que, si ella tiene razón, va a ser el definitivo.

—Tienes que prestarme atención, Eric —su voz suena extremadamente seria. Casi solemne—. La próxima vez que abran esa puerta será porque estén dispuestos a darnos el nombre que nos falta.

—Escúchala, por favor —a Hugo, tras mi arrebato anterior, le inquieta que no me atenga al plan establecido—. La he traído para que te salve el culo y, te guste o no, eso es lo que va a hacer, ¿está claro?

Asiento sin decir nada más. Para qué. No quiero a Hugo en el lado de mis enemigos, y me temo que, en cuanto todo esto se sepa, ese sector va a comenzar a llenarse de gente.

—No nos dirán que han identificado a la segunda víctima, solo nos pedirán que los acompañemos para hacerte unas preguntas más. Y entonces, cuando Alcira sienta que eres más vulnerable, porque eso lo huelen (hazme caso: lo huelen), atacará. Te disparará ese nombre a bocajarro y buscará en ti cualquier reacción que pueda considerarse un indicio de culpabilidad.

—Pues no verán nada... —me crezco—. Porque estoy seguro de que no sé quién es.

En realidad, la frase correcta sería otra: «Pues no verán nada... porque desde que he llegado aquí sé quién es».

Y el motivo por el que estoy seguro de que la policía no podrá captar ni una sola expresión extraña o significativa en mí no es solo la falta de sorpresa —cómo podría asombrarme ante lo que ya conozco—, sino mi capacidad para permanecer impasible.

—En eso has salido a mí —aseguraba mi abuelo—. Se nos da bien protegernos. Pura supervivencia, hijo. Pura supervivencia.

No tengo ni idea de cómo le describiría lo que me ha pasado hoy.

Ni si soportaría estar obligado a hacerlo.

Lo que sí sé es que, al menos, contaría con un apoyo más sincero que el de una abogada a la que no conozco o el de un representante que lleva horas haciendo números con las posibles pérdidas en las que se va a traducir esta noche.

Podría llamar a mi madre, claro. Podría jugármela y pedirle que venga para tener un nuevo frente abierto. Alguien más a quien convencer de que todo esto no es más que una fatalidad. Uno de esos cruces de caminos evitables pero que a veces son más fuertes que nuestra voluntad. Porque yo pude elegir no ir hasta ese descampado. Lo sé. Pero fui. Y lo peor es que, si todo se repitiera, volvería a hacerlo.

—Necesitamos que mantengas la mente fría —Gabriela busca en todo momento el contacto visual: no sé si pretende asesorarme o hipnotizarme—. Alcira intentará que pierdas los nervios, que tus explicaciones no cuadren. Así que es necesario que tu versión sea clara. Sin fisuras. No te contradigas. No inventes. Y, sobre todo, no respondas a nada que no te pregunten.

Mientras Gabriela sigue diciéndome qué debo y qué no debo hacer, entra un nuevo mensaje en mi móvil. No es más que una interrogación y, por supuesto, sé perfectamente quién me la ha enviado.

Es otra vez ella.

Le respondo con un emoticono. El pulgar hacia arriba en señal de que todo está bien, aunque ahora mismo no pueda asegurar que realmente lo esté.

No hay más contestación y respiro aliviado. Estoy convencido de que rastrearán mi móvil. Los mensajes recibidos y enviados esta noche. Las ubicaciones. Todo será utilizado para comprobar si mi relato es cierto, así que lo último que necesito es que Tania vuelva a escribirme.

El inspector, de repente, abre la puerta.

–Creo que tenemos novedades, Eric. ¿Te apetece que las compartamos?

Gabriela y yo nos ponemos en pie y lo seguimos a su despacho.

«Mantén la calma», me grita ella con la mirada.

Los dos somos conscientes de que el último asalto está a punto de comenzar.

7
LO QUE NOS UNIÓ (DE NUEVO)

EL BANCO

Escena 34. EXTERIOR, DÍA.

OLSEN

Te dicen que se pasa, pero es mentira. Se supera, sí, pero se queda dentro hasta que vuelve a ti, y lo que estaba entonces golpea bien fuerte contra lo que eres ahora. Como si todo estuviera conectado, sin principio ni final: tan solo un círculo.

Rex no tuvo que pelear mucho para que Sandra le permitiera incluir aquellas frases en el montaje final del episodio. En el fondo, hacía tiempo que las ideas de Lucas y Amaia no la convencían y mostraba un enorme escepticismo cada vez que le ofrecían un guion donde apostaban por finales felices que, según la directora, iban contra el espíritu original de la serie.

La resolución del conflicto de Olsen, el personaje al que daba vida Rex, formaba parte de esos giros que a Sandra no le resultaban ni convincentes ni realistas, así que se escudó en la rabieta del actor para justificar un cambio que, posiblemente, habría llevado a cabo ella misma en la sala de montaje. Pero lo que podría haber sido una escena suprimida sin más, otro de esos momentos que se convierten en bajas a pesar de haber sido rodados, se transformó en una escena completamente nueva. Un plano que expresaba justo lo contrario de lo que buscaban los guionistas y en el que Sandra le pidió a Rex que improvisara.

Nunca, en todos los meses de rodaje, lo vi más feliz que en ese preciso momento. La mirada de Rex brillaba con cada palabra que inventaba. Por suerte, aquel ensayo estaba siendo grabado, pues bastó con esa toma para que la escena tuviera, según Sandra, el tono perfecto.

–Has estado genial –lo felicitó.

Me pregunté si alguien más del equipo conocería, como yo, la historia de Chloe. Si no habrían pensado que lo que acababa de suceder era que habíamos permitido que se mezclasen la realidad y la ficción de tal manera que la primera se había adueñado por completo de la segunda.

—No se lo cuentes a nadie —me había pedido Rex después de su confesión en el gimnasio.

Y no lo hice.

Nunca traiciono la confianza de nadie.

Al menos, intento no hacerlo.

Por eso no sé si estas páginas verán la luz.

De momento, las escribo para evitar que la culpa me destroce.

Porque cuando convierto los hechos en palabras siento que, de alguna manera, soy capaz de dominarlos. Puedo llenarlos de adjetivos que los empequeñezcan. De verbos que los anulen. De adverbios que los aceleren. Puedo usar el lenguaje como el superpoder que nunca he tenido, aunque mi abuelo y aquel informe dijeran que sí.

—Ha sido increíble —le dijo Selene nada más acabar aquella secuencia mientras, me pareció, se acercaba más de lo estrictamente necesario a su oreja derecha.

No sé si había o no algo entre ellos, pero lo que sí sabía es que ese algo existía entre él y Tania, así que me sentí en la obligación de contárselo a ella y, de algún modo, advertirla.

—No me interesa —fue lo único que me dijo—. Rex es tan libre como yo de hacer lo que le venga en gana.

—¿Pero no estáis saliendo? —su respuesta me descolocó por completo.

—No lo sé —su voz sonaba sincera—. Nos estamos conociendo, nada más. Y creo que nos gustamos. Pero no pienso ir de novia histérica por la vida, Eric. Así que no me toques la moral, anda. Si lo que quieres es crear mal rollo, no vas a conseguirlo.

—¿Eso quiere decir que seguimos mal?

—Eso quiere decir que para que estemos bien necesito que dejes de juzgarme.

—No te juzgo. Me preocupo por ti.

—¿Y quién te ha pedido que lo hagas? No necesito salvadores, Eric. No vayas de eso, por favor.

Tuve que hacer un esfuerzo por pronunciar aquellas dos palabras antes de que ella colgara el teléfono, pero fui consciente de que, si no lo hacía en ese preciso momento, quizá nuestra distancia ya nunca tuviera vuelta atrás:

–Lo siento.

Ella también masticó lo que estaba a punto de decir:

–Yo también.

Y, por primera vez en meses, decidimos quedar de nuevo en nuestro banco. Ese al que habíamos dejado de ir porque ella siempre estaba ocupada y porque yo tenía la excusa de que, si me reconocían, no nos dejarían en paz.

Pero aquella tarde no importaba.

Aquella tarde iba a ser tan nuestra como lo habían sido otras tantas.

Porque estábamos hartos de tanto orgullo y de tanto silencio. De no recordar ni siquiera en qué momento nos habíamos enfadado. Y nosotros nos habíamos prometido que no íbamos a terminar así. Que no acabaríamos como esa gente que se distancia sin entender por qué. Que se conforma con las amistades que le van quedando porque no supo conservar las que logró tener.

Así que quedamos.

El banco, como de costumbre, estaba vacío.

Solo unos cuantos niños jugando unos metros allá.

Sus padres cuidándolos, o fingiendo que lo hacían, mientras revisaban sus móviles.

Y nosotros dos.

Compartiendo el silencio que siempre habíamos sabido habitar como nadie lo había logrado antes.

Reconociéndonos más allá de las acusaciones y reproches con que habíamos ensuciado algo que merecía demasiado la pena como para dejarlo morir sin luchar por ello.

Acercándonos a pesar de que sabíamos que las cosas no vuelven a ser como eran. Que es posible reconstruir, remontar, incluso volver a empezar, pero no sin llevar a cuestas los restos del pasado. La carga de un tiempo sucedido que no hay manera de borrar. Porque nada desaparece.

En eso, supongo, Rex sí tenía razón. Aunque su círculo signifique lo contrario que lo que me gustaría dibujar a mí.

Porque en su círculo todo duele, y el dolor se agiganta, y la vida es una lucha para imponerse, para hacerse más fuerte desde esa herida que sigue abierta.

En el mío no.

En mi círculo todo está conectado, sí, pero no hay una única dirección, ni un único sentido, ni siquiera una única circunferencia. Es posible abrir el camino, crear otro espacio, salirse del plano y proponer una dimensión alternativa. La memoria seguirá viva, pero no será la que guíe mis pasos.

Por eso acudí con tantas esperanzas aquella tarde.

Porque sabía que Tania y yo no podíamos regresar al sitio del que nos habíamos expulsado. Pero sí que había otro, tal vez mejor, tal vez solo diferente, que íbamos a ser capaces de conquistar.

Me limité a sentarme junto a ella.

A escucharnos respirar.

A mirar a los niños que jugaban en los columpios y dejar que los nuestros, los niños que una vez fuimos, se sumaran a ellos.

El mío iba con una camisa que no era suya y le quedaba grande.

La suya, disfrazada de alguna princesa de cuento de las que no necesitan príncipes que las rescaten.

No sé cuánto tiempo estuvimos allí.

Solo sé que aquel lugar ya no era el mismo que había sido antes.

Pero que volvía a ser nuestro.

Allí, mientras nos buscábamos en esos niños que se reían ajenos a todo lo que los rodeaba, nos cogimos de la mano.

Y volvimos a sabernos dos.

Solo nosotros dos.

En nuestro banco.

LA NOTICIA

Al principio no me di cuenta.

En realidad, no tenía motivos para asociar aquel titular con la historia de Chloe.

Ni para relacionarlo con Rex.

Ni con Tania.

Ni, mucho menos, conmigo.

Al parecer, acababan de encontrar el cadáver de una chica de veinte años que llevaba algunas semanas desaparecida.

La hallaron el 12 de junio en un pantano, con los bolsillos llenos de piedras con las que habían pretendido anclarla al fondo sin demasiado éxito. El crimen, según dedujeron los forenses, había tenido lugar dos días antes.

«Torpeza e improvisación», repetían todas las noticias, e insistían en la inexistencia de marcas de violencia sexual sobre la víctima. «Se desconocen los motivos del crimen, aunque parece que nos hallamos ante un nuevo caso de violencia de género», afirmaban la mayoría.

Los periodistas apenas tardaron unas horas en elaborar un retrato robot de aquella chica de la que no había apenas datos relevantes. P. J. eran sus iniciales. Llevaba una vida tan ordinaria como la de cualquiera, con estudios acabados, y cursos y sueños que, por desgracia, ya no se harían realidad. Un camino truncado por la voluntad de quien hubiera cometido esa atrocidad.

«La muerte se produjo por asfixia. La víctima fue obligada a meter su cabeza en una bolsa de plástico que apretaron contra su cuello hasta que perdió la consciencia primero y, después, la vida».

Los medios más morbosos insinuaban posibles conexiones entre esas circunstancias y diversos juegos sexuales que convertían a la joven en una participante más.

Los más serios, sin embargo, se limitaban a reproducir los hechos sin tratar de reconstruirlos, conscientes de que sería necesario esperar a que la investigación policial arrojase más datos sobre el crimen.

Cuando me enteré solo sentí una extraña solidaridad generacional. «Tenía mi edad», pensé. Habría vivido un puñado de experiencias similares a las mías –el paso por el colegio, por el instituto, esos momentos en los que sientes que te asomas a la vida, aunque todavía no la hayas podido atrapar de verdad– y, aunque fuera un dato estúpido, le gustaba el cine tanto como a mí. Al menos, eso era lo que se deducía de las imágenes de su cuarto que consiguieron de su cuenta de Instagram y con las que alimentaron el morbo durante los días que decidieron hacer que su muerte fuera noticia.

Luego llegó el olvido, por supuesto.

Cualquier otro titular debió de sustituir al suyo y se aparcó su caso a la espera de una resolución que, de momento, no llegaba.

No había testigos.

No había móvil.

No había huellas.

Y no había ni rastro del arma homicida: una simple bolsa de plástico.

Tampoco era evidente si se trataba de un solo autor o de si había participado alguien más.

Para ser un asesinato cometido con «torpeza e improvisación», no habían dejado un solo cabo suelto. Tanto que se comenzó a dudar de esa supuesta «torpeza»: ¿y si no habían escondido mejor el cadáver porque, en realidad, querían que fuese hallado e identificado?

Algunos días más tarde se reveló un nuevo dato en uno de los pocos medios digitales que seguían tratando el caso. El nombre de la chica: Paula.

Un detalle que me hizo asociar aquel nombre tan común con algo que me habían contado hacía muy poco tiempo. Algo que me habían pedido no revelar y que se había quedado encerrado en las paredes de un gimnasio.

«No voy a decir esa frase, Eric. No voy a decir esa frase ni voy a rodar esa escena ni voy a lamerle el culo a esa panda de guionistas que lo único que intentan es vendernos una moto que no existe, ¿te enteras? Así que pueden venir aquí y amenazarme con lo que quieran. Como si me echan. Paso. Ya saldrá otra cosa. Ahora soy más grande que ellos. Soy más grande porque aquí los que damos dinero somos nosotros. Tu cara. La de Selene. La mía... Que lo intenten. Que pongan a otros a grabar a ver qué pasa... Pero si lo hacen, que se aseguren de que no han vivido nada como lo que he vivido yo, porque en ese caso seguro que los dejan también tirados. Porque eso te marca. Eso hace que no puedas mirarlo todo de la misma manera en que lo hacías antes...».

Y a las pocas horas de que se supiera su nombre, la foto.

Hasta ese momento, la familia de Paula había impedido que se divulgasen las imágenes del cadáver. La policía los había apoyado en su demanda y, a pesar de los intentos de ciertos medios carroñeros, consiguieron proteger su privacidad y evitar que se continuase alimentando el imaginario criminal de quienes pudiésemos llegar a verlas.

No había, por tanto, muchos más datos que los descritos tras el hallazgo del cadáver. Pero los investigadores del caso debieron de cambiar de idea y, hartos de no obtener respuestas, difundieron la fotografía que hizo saltar en mí todas las alarmas. Supongo que la entregaron a los medios porque creían que así obtendrían nuevas pistas, o incluso algún chivatazo oportuno, cualquier cosa que los ayudara a dar con el culpable (o culpables, si se cumplía la teoría de la autoría múltiple, que cada vez cobraba más fuerza).

Cuando lo vi intenté convencerme de que me estaba equivocando.

Era otra casualidad.

Tenía que serlo.

No había nada que forzase una relación lógica.

Nada que me hiciese sospechar que sabía algo más sobre la muerte de esa tal Paula de lo que creía saber.

Pero a veces el azar es tan obstinado que no hay modo de desmentirlo. Y en este caso, se había esforzado por situar las semejanzas demasiado cerca como para que no llamaran mi atención.

Como para no preocuparme no solo por lo que ya había sucedido, sino por lo que –¿Tania ya lo sabría?– podía estar a punto de suceder.

«Solo puedes escribir como ellos si no has perdido a alguien porque han machacado su moral cada día. Hasta conseguir que se odie porque se siente una basura repugnante... Conmigo lo intentaron, Eric, pero no pudieron: me quiero demasiado. Y lo que no les gustaba de mí lo volví a mi favor. Cada día entrenando es un puñetazo contra los que se rieron antes. ¿Y sabes qué? Que ni siquiera entonces me afectaba... Estaba tan seguro de lo que iba a ocurrir, de todo lo bueno que me iba a pasar... Pero ellos no. Ellos estaban muertos de miedo. Por eso hacían lo que hacían, por miedo. Y como conmigo no podían, cambiaron de objetivo. Solo tenían que buscar mi punto débil. Hasta que se dieron cuenta de que ese punto débil no estaba en mí... Estaba en Chloe».

Fingí no saber nada hasta estar más seguro.
Era importante mantener la calma.
Conseguir que Tania siguiera cerca de mí.
Que no se alarmase.
Si provocaba en ella una reacción de rechazo, me quedaría sin la oportunidad de ayudarla.
De rescatarla del infierno en que supe que estaba a punto de adentrarse.
Por eso no le dije nada hasta que no fue imprescindible hacerlo. A pesar de que eso supusiera una nueva discusión como la que tuvimos hace una semana.
Justo hace siete días.
En nuestro banco.
Si no hubiera hablado con ella, si no hubiera hecho lo que hice, hoy no me habría presentado en ese descampado.
No me habría subido a esa moto.
Y Rex seguiría vivo.

«Chloe no era un blanco fácil, ¿sabes? Siempre imaginamos que sí, que para que te puteen tienes que ser una persona débil, no saber defenderte, ponérselo en bandeja... Pero qué va, da lo mismo quién seas o cómo seas. Basta con que se empeñen y sepan hacerlo de manera que no se les vea. O con que todo el mundo mire para otro lado. Con Chloe no se veía: no había nada físico, solo basura virtual que empezó a llenarlo todo cada día, cada maldita hora. Se les daba bien hacerlo. Lo disfrutaban. No sé por qué, y no quiero saberlo. No soy como estos guionistas que se empeñan en justificar la crueldad como si tuviera un motivo. Yo vi cómo iban robándole las fuerzas a una persona a la que quería de verdad, como si le quitasen la energía, como si fuera una de esas películas de terror en las que te chupan la sangre y te dejan vacío. ¿Y ahora tendría que preguntarme por qué? ¿Debería saber qué motivos tenían para hacer lo que hacían? No, Eric, ni de coña. Bastante duro es no poder olvidar cómo acabó. Cómo consiguieron que acabara...».

Alguna vez me ha dado por pensar que si Matt y Rex se conocieran habrían sido buenos amigos al principio y enemigos irreconciliables al final. En una película de superhéroes, serían los vengadores que comienzan su trayectoria luchando por una misma causa pero que, al usar métodos completamente distintos, acaban convirtiéndose en antagonistas, de modo que el primero no puede evitar ser la némesis del segundo.

Los dos comparten un dolor similar en la raíz de quiénes son. Un dolor que, aunque a veces prefiera olvidarlo, reconozco. Pero cada uno de ellos ha construido su presente de una manera: mientras que Rex no puede entenderse a sí mismo sin mantener abierta esa herida, Matt trata de construirse como alguien que sabe que ha sobrevivido a ella.

Aún recuerdo cuando Matt, el mago de las tecnologías, me contó lo del hilo viral que había conseguido promover para que chicos y chicas trans de todo el mundo compartiesen fotos donde se les viese sonreír.

–Un hilo de felicidad trans, ¿qué os parece?

Aunque Jessica dijo que aquello le daba un poco de mal rollo, lo cierto es que los cuatro guardamos aquellos tuits en nuestra carpeta de favoritos y hasta nos sumamos al hilo con una imagen nuestra. Bueno, Jessica no. Jessica sigue sin sentirse preparada para hacernos llegar la suya, aunque estoy seguro de que eso ocurrirá muy pronto.

Por eso sabía que podía pedirle ayuda a Matt. Porque iba a estar de acuerdo conmigo en que no podía dejar que Tania, convertida en Eurídice, dejase que Rex la arrastrara al inframundo. Y yo estaba decidido a ser su Orfeo, a alejarla de ese rencor que no tenía fin. De esa visión de la realidad como una infinita suma de agravios que exigía contestar con la misma dosis de violencia que se hubiera recibido.

Ni él ni Matt querían ser una víctima. Pero el primero pretendía evitarlo desde la memoria que lo anclaba en el pasado, y el segundo, desde la proyección que lo situaba en el futuro.

—Si algún día alguien intenta contarme —nos dijo una vez en nuestro chat—, solo espero que no sea la típica historia trans.

—¿La típica? —preguntó Drew.

—La típica, sí. Ya sabéis. Esas que solo tienen un género: el drama; y un único tema: la transición. Como si no fuéramos desde antes. Y peor aún, como si nuestra vida no pudiera ser una comedia. O un musical.

—O un *thriller* —interrumpí.

—Tú siempre con tus delirios cinematográficos —se rio Jessica, que llenó la pantalla con uno de sus habituales *gifs* manga.

—Nos siguen viendo como un cliché, y no lo somos. Nuestra vida no se resume en una frase, ni en un momento —insistía Matt—. Nuestra vida exige tantas páginas y tantas contradicciones como la de cualquiera.

El día que tuvimos aquella conversación, aún no habían descubierto el cadáver de Paula. Ni Tania había empezado a salir con Rex. Ni yo estaba preparado para ver cómo todo saltaba por los aires. Pero sí recordé las palabras de Matt cuando pensé a quién podía pedir ayuda para evitar que el desastre ocurriera.

Y su nombre surgió en mi cabeza por tres motivos.

Porque, a pesar de que haya quien no entienda que la amistad virtual también existe, él es un gran amigo.

Porque es la única persona que conozco capaz de hackear un móvil ajeno. O, por lo menos, de geolocalizarlo.

Y porque sabía que estaba tan en contra de obligar a alguien a bajar a los infiernos como lo estaba yo.

Por eso lo elegí.

Porque Matt era el único que podía ayudarme a salvar a Tania.

«Hubo mucha gente metida en eso... Al final eran como un virus: se multiplicaban en cuanto veían lo divertido que resultaba acorralar a alguien que, de puro cansancio, dejó de defenderse. Chloe era fuerte. Chloe fue siempre la más fuerte. Mucho más que yo, te lo aseguro, Eric. Pero se vino abajo. El acoso era diario, en todas partes. Borró sus redes, las creó de nuevo, las hizo privadas... Daba igual: siempre había algo que aparecía en su móvil, en su portátil, en su *tablet*. Siempre había alguien capaz de inventar una broma nueva. Se lo merecía, ¿sabes? Eso es lo que dijo la tía que se encargó de organizarlo todo desde el principio: que se lo merecía... Según ella, porque era insolidaria, porque había votado que no al cambio de la fecha de un examen final y eso había perjudicado a toda la clase. Pero Chloe nunca deseó perjudicar a nadie, simplemente le cabreaban las niñerías, que todo el mundo fuese irresponsable. Por eso votó en contra. Y entonces, el resto de su clase se la juró. Así de estúpido. Sobre todo porque pronto se olvidaron de lo que había pasado. Después, nadie recordaba por qué habían empezado a reírse de ella; solo sabían que era divertido, que era la presa que habían elegido, y que alguien les había dicho que se lo merecía. Y si lo decía ella, si lo afirmaba la chica más popular del instituto, es que aquello tenía que ser verdad. Porque ella no mentía. Chloe sí, pero ella no: Paula nunca mentía».

La policía no supo interpretar bien lo que encontró.

No es que no se fijaran; es que, sencillamente, no podían verlo.

Era imposible que se dieran cuenta de que lo que tenían ante sí era la obsesión de alguien a quien ni siquiera conocían.

Alguien a quien no sé si interrogaron, porque su nexo con la víctima era demasiado lejano y su rastro se perdía en el tiempo de la Secundaria. En esos años que atravesamos con la esperanza de salir indemnes y la certeza de que, por supuesto, no lo haremos.

Porque habrá decepciones. Esperanzas. Experimentación. Vacilaciones. Habrá demasiada vida que explorar como para no perderse en alguno de esos caminos y para que, al final, no nos llevemos algún arañazo inesperado. A veces, propio y casual. A veces, las que más duelen, ajeno e intencionado.

En el caso de Paula, no se les ocurrió volver la vista atrás.

Su paso por el instituto no debió de merecer más de un par de líneas.

Buena alumna, resultados aceptables, muy popular.

Se centrarían en la búsqueda de posibles agresores presentes. Pero no dieron con ninguno al que pudieran acusar.

En su cuerpo solo hallaron dos marcas: dos arañazos.

Estaban seguros de que encontrarían ADN del agresor en ellas, pero no fue así. Al parecer, habían sido causadas con un objeto punzante que tampoco fue localizado.

«Las evidencias apuntan a que fue un asesinato no premeditado. Un episodio de violencia, tal vez sexual, que quizá hubiera sido pactado previamente con la propia víctima y que, sin embargo, acabó de manera trágica».

Sus evidencias acertaban solo en parte.

Al menos, eso creo.

Lo único que tengo claro es que Paula no sabía que iba a estar entre ellos.

Que intentó escapar.

Que tuvieron que explicarle por qué la habían llevado a algún edificio abandonado.

Que le costó dar crédito a lo que estaba sucediendo.

Que les suplicó que la dejasen marchar.

Que trataron de que sintiera miedo.

Pánico.

Que la culparon por cosas de las que seguramente sí fue responsable, aunque aquel no fuera el modo de repararlo.

Que la obligaron a reconocer cuanto quisieron que reconociera.

Que buscaban en aquella ceremonia un modo de cerrar algo muy concreto.

Justo lo que habían grabado a sangre en sus muñecas.

Esos dos arañazos que la policía no había sabido interpretar.

Porque no eran, como dijeron en sus informes y como comunicaron a los medios, dos simples heridas.

No eran dos líneas rectas. Ni dos formas irregulares.

Tampoco eran las marcas provocadas por el intento de Paula de escapar de aquella jauría que la rodeaba.

Eran el dibujo de las dos mitades de una misma figura.

Dos líneas curvas.

Una en su muñeca derecha.

La otra, en su muñeca izquierda.

Dos semicircunferencias que, sumadas, formaban un círculo.

«Chloe aguantó todo lo que pudo, y no fue poco... Aguantó un curso más. Porque yo le decía que eso iba a pasar, que pronto escogerían a otra víctima. Ya ves, Eric, qué consuelo de mierda: no te hundas porque habrá alguien que ocupará tu lugar. Pero es que no podía decirle otra cosa, solo eso: pedirle que no se rindiera, que no se dejara llevar, que no hiciera lo que al final hizo... No quería recibir esa llamada. No quería oír la voz de su madre, rota. No quería quedarme callado como un imbécil. Sin saber qué decir. Sin saber qué responder cuando te cuentan que la persona que quieres, la única persona que de verdad quieres, ya no ha podido más. Que ha tirado la toalla. Que tienes que ir a no sé qué dirección donde hay un sitio horrible en el que exponen a los muertos para recordarnos que ya no están vivos. Un sitio que se llama tanatorio en el que han metido a Chloe en una urna, en una jodida urna donde no puedo acariciarla ni abrazarla. Un cristal que no puedo romper para decirle que no se rinda, que todo va a ir bien, que nos merecemos, porque nos lo merecíamos, que todo vaya bien... Así que ahora no voy a traicionarla. No fui capaz de salvarla entonces, pero lo que no voy a hacer es venderme. No voy a fingir que puedo entender a quienes la empujaron a eso. A quienes la mataron. Así que puedes volver ahí y decirles a todos que me la sudan sus guiones. Que no pienso agachar la cabeza y ser el niño bueno que quieren que sea. Si están dispuestos a que nuestra serie hable de la verdad, estupendo. Pero si lo que quieren es que vendamos basura, que no cuenten conmigo».

Cuando vi la imagen de aquellas marcas en las muñecas de Paula estuve a punto de ir a la policía. Pero al final decidí que era una mala idea.

Una idea pésima.

En realidad, ¿qué tenía que contarles? ¿Que creía que aquellas dos líneas trazaban un círculo? ¿Que trabajaba con un actor que llevaba esa misma figura tatuada en un tobillo? Ni lo primero era evidente ni lo segundo parecía lo suficientemente importante.

Estaba la historia de Chloe, sí. Pero no tenía ni una sola prueba de que, como yo sospechaba, Rex estuviese implicado en lo que le había sucedido a Paula.

Además, compartir mis sospechas suponía abrir dos puertas que no estaba seguro de querer atravesar.

La primera era la que me llevaba a poner en duda mi propia continuidad profesional. ¿Qué pasaba si me estaba equivocando? ¿Cómo iba a reaccionar Hugo ante la acusación contra uno de los miembros estrella de su agencia? ¿Y la productora de la serie? ¿Qué futuro me esperaba si me convertía en la fuente de un hecho del que no podía aportar más que rumores? A fin de cuentas, yo no había visto nada. No había estado allí. No tenía ni un solo dato concreto, más allá de un relato ajeno que, para colmo, me habían contado como una confidencia.

La segunda puerta era tan delicada como la primera, solo que esta vez no me llevaba a mí, sino a Tania. En la fecha en que habían ocurrido los hechos, ella ya estaba saliendo con Rex. Y, aunque no podía recordarlo con certeza, ya se había hecho el tatuaje del círculo en su muñeca. ¿Y si había participado en todo aquello de algún modo? ¿Y si ella también había llegado a conocer a Paula?

No sabía a qué me estaba enfrentando exactamente, así que revisé el Instagram de Tania con la estúpida esperanza de confirmar dos hechos: en qué momento se había tatuado el círculo y qué estaba haciendo la noche del 10 de junio, en la madrugada en que, según el informe forense, habían asesinado a Paula.

No encontré las imágenes que necesitaba, aunque ese día 10 me pareció que había colgado la foto de un viaje que había hecho con su familia. Con su manía de publicar solo encuadres confusos y sin datos de ubicación, era difícil saber si estaba o no en lo cierto, pero prefería creer que la ciudad de la imagen no era la nuestra, porque eso suponía que todavía estábamos a tiempo, que aún podía emular a Orfeo y detenerla antes de que se viese arrastrada por lo que fuera que estaba haciendo Rex.

Pero no fue así.

EL CÍRCULO

Quedé con Tania en uno de los bares del barrio. Uno de esos locales a los que a veces íbamos a tomar las previas antes de salir de fiesta. No era lo que más hacíamos, pero de vez en cuando sí nos gustaba perdernos por la ciudad y dejarnos llevar por la música hasta el amanecer.

En el fondo, elegí aquel bar porque los lugares a los que he ido desde siempre son de los pocos donde sigo sintiéndome anónimo. Donde me miran igual que me miraban antes, ya fuera con simpatía o con extrañeza, sin que tenga que contar con la presión añadida de que alguien me reconozca y, aunque no sepa mi nombre –casi nunca lo saben: solo recuerdan el de nuestros personajes–, se crea con derecho a robarme mi tiempo. Y hasta mi intimidad.

No me costó convencer a Tania para que viniera. Estaba deseando demostrarme que nuestra reconciliación había sido cierta. Y cuando la vi llegar supe que su decisión de arreglar las cosas entre nosotros era evidente. Tanto como la pulsera de tela negra que llevaba y donde se podía leer ese *nosotrxs* que había escrito con rotulador para ella.

–Tú también te la has puesto –se sorprendió al descubrir la mía.

–Ya ves.

–Es bueno saber que seguimos siendo tan idiotas como de costumbre.

Y nos reímos.

En esos momentos es cuando entendemos por qué no podríamos ser el uno sin la otra. Por qué mi Eric no sería igual sin su Tania ni su Tania sería como es sin mi Eric. No nos hemos influido con la intención de moldearnos, no somos tan simples como para creer que la amistad tiene que ser una exigencia que construya a quien nos acompaña según nuestro capricho. Al revés. Nos hemos contagiado de nuestras manías por el placer que sentíamos al compartirlas, hasta que lo suyo y lo mío ha acabado siendo algo mestizo y nuestro. Algo que no tiene etiqueta posible porque no es tan alternativo como sus gustos musicales ni tan exquisito como mis gustos cinéfilos. Así que de repente cabe todo en el mismo lugar. En ese *nosotrxs*.

Estuve divagando un buen rato.

Hablé de la serie.

De cómo iba a ser, según nos habían contado, la segunda temporada.

De un reportaje que me había propuesto Valeria, la de comunicación, en el que iba a participar junto con algunos de los actores jóvenes de otras plataformas.

No sabía cómo abordar el tema que me había llevado allí, así que comencé a caminar en cualquier dirección posible.

Ya llegaría, pensaba.

Ya llegaré...

–Lo estás petando, Eric –la alegría de Tania sonaba sincera–. A ver si yo tengo suerte pronto...

–¿Te ha salido algo?

–Un papel pequeño en otra obra alternativa.

–Es un principio.

–Ya... Pero apenas pagan. Creo que vamos a taquilla, o sea que imagínate. No me va a dar ni para el bonobús.

–Podías buscar un repre.

–No me quieren. No doy el físico... Se lleva otro tipo de tía. Y yo... Bueno, yo no quiero ser ese tipo de tía. Me ha costado demasiado aceptarme como para acatar sus normas.

–Yo tampoco soy lo que esperan. No soy Rex. Y sin embargo...

–Quizá es que eres mejor que yo. Más creíble. A lo mejor te vieron en la prueba y dijeron: nos gusta. Aunque tú sigas insistiendo en que fue cosa de Hugo. Yo estoy segura de que fue cosa tuya –se calló de repente y me pidió permiso antes de seguir–. ¿Te puedo decir algo que a lo mejor no te va a gustar?

–Si no hay más remedio... –me reí, pero esta vez ella no me acompañaba–. Venga, suéltalo.

–Lo de Hugo no fue una decisión *random*. Qué va. Hugo te cogió por un tema de cuotas.

–Tania...

–¿Ves como sabía que no te iba a gustar?

–Es que eso me hace quedar como un imbécil. Como alguien a quien no eligen por su talento. Y es justo lo contrario de lo que se supone que me estabas diciendo.

–Al revés, Eric. Es lo mismo. Lo que te intento decir es que a Hugo le molaba la idea de tener a alguien trans en su agencia. Así podrá colgar la banderita LGTBI cuando llegue el Orgullo y presumir de lo integrador y lo diverso que es su negocio. Y también colocarte en papelitos en alguna serie de esas donde se os deja contar una historia que no moleste mucho y donde todo gire en torno a ser trans. Como si no os ocurriera nada más. Como si solo hubiera un tema... –me era imposible no escuchar en las palabras de Tania la voz de Matt: seguro que habría estado de acuerdo con ella–. Lo que no esperaba Hugo es que te cogieran para hacer de Dylan. Que los de *Ángeles* te quisieran para el papel de un tío cis al que le pasan cosas. Un tío que se mete en una movida rarísima y que tiene que dejarse la piel para salir de ella. Y ahí es donde te ha llevado tu talento. Ese que te va a permitir interpretar lo que tú quieras y que yo, a lo mejor, no tengo. Porque lo que ya no sé es si no me cogen en los *castings* porque no doy el perfil, porque mi físico no les gusta, porque no tengo los suficientes seguidores en mi Insta o, sencillamente, porque soy mediocre. Y a lo mejor eso también hay que asumirlo, el ser mediocre. Pero nos han grabado tan a fuego que somos especiales que cuesta un poco... Fastidia tener que asumir que no, que a lo mejor no lo somos tanto. O no como nos gustaría serlo. Por eso me he puesto tu pulsera hoy, ¿sabes? No porque venga en son de paz, que también... Me la he puesto porque aquí sí que sé que soy especial. Para ti sí lo soy. Y a eso me agarro a veces. Cuando me dan otro no, pienso que tiene que haber algo bueno en mí. Algo que me haya permitido que gente como tú, o como Rex, seáis parte de mi mundo. Que veáis en mí algo que los demás no ven. Que yo misma no veo...

–Si lo veo es porque existe. Y habrá más gente que se dé cuenta... Solo tienes que seguir intentándolo.

–O no. A lo mejor tengo que hacer caso a mis padres y buscarme un plan B, algo que me permita vivir si esto sigue sin funcionar. Porque lo del teatro *off* no me va a dar de comer, te lo aseguro. Y yo quiero hacer algo con mi vida. Yo quiero irme de casa.

Yo quiero viajar. Yo quiero ser persona. Y ser persona compartiendo taquilla en una sala donde solo caben treinta espectadores es un poco jodido.

–Creo que el que ahora te va a decir algo que no te va a gustar voy a ser yo.

–¡Rencoroso!

–¿Puedo?

Tania asintió.

–Te comparas conmigo. Y con Rex. Te comparas con un tío que ha tenido suerte, que soy yo, y con otro que lleva toda su vida en esto, que es él. Pero tu caso es diferente. El éxito no tiene por qué suceder de repente.

–Odio esa palabra: éxito. Ni siquiera sé lo que significa. ¿Tú sí?

–No. Yo sé que ahora me va bien. Que habrá nueva temporada. Y luego, ni idea –no sé por qué confesé algo que todavía no me había dicho ni siquiera a mí mismo–. Aunque yo sí tengo un plan B.

–¿Hablas en serio?

–Completamente.

–¿Y cuál es?

–El día que no me dejen interpretar las historias de otros, seré yo quien escriba las mías.

–¿Así que ahora vas a ser guionista?

–Puede... De pequeño era bueno.

–¿Y ya no?

–Hace mucho que no comparto nada.

–Pero lo escribes...

–Sí, a veces.

–Qué capullo, pues a mí nunca me has dejado leerte.

–Porque nunca me has preguntado.

–Crees que conoces a alguien y...

–Ya ves, Tania, todos tenemos algún secreto.

–Pero no son tan grandes como ese.

–Este es una miseria de secreto. Uno insignificante.

–Vale. Pues te perdono por no contármelo si me dejas leer algo que hayas escrito este año.

–Son cosas sueltas... No vas a entender nada.

–Ponme a prueba.

Fue estúpido.

Seguramente fue la idea más estúpida del mundo, pero en ese momento me pareció que era mi única oportunidad de conseguir algo.

—De acuerdo. Te dejo leer algo mío.

—¡Bien! —Tania elevó ambos brazos en señal de victoria. No pude dejar de fijarme, una vez más, en su tatuaje.

—Pero solo si hacemos un trato.

—Si vas a pedirme que no me rinda o alguna cursilada de esas, olvídalo.

—No, no voy a pedirte eso. Aunque la verdad es que espero que no lo hagas.

—Entonces, ¿qué quieres?

Cogí su brazo derecho con suavidad y pasé mi dedo índice por su círculo.

—Quiero que me hables de esto. Por favor.

Había dos posibilidades.

La primera, que Tania le restase importancia y me mintiese. La lista de excusas para cerrar el tema era infinita, y si ella hubiera querido, habría podido escudarse en cualquiera de ellas.

La segunda, que me contestase con sinceridad y me explicase el sentido y el origen de ese círculo. Aunque no me gustase oírlo.

Tania lo valoró durante unos segundos.

La probabilidad (mínima) de engañarme.

Y la posibilidad (máxima) de que mi obcecación me llevase a perseguir la verdad si ella optaba por mentirme.

Finalmente, su elección fue eludirlo.

—No quiero hablar de eso.

Algo que, a esas alturas, yo ya no estaba dispuesto a consentir.

Si era cierto que ese tatuaje guardaba alguna relación con Paula, la chica que habían hallado muerta, resultaba urgente que habláramos de ello. No podía soportar la idea de estar callando algo que encubriese un asesinato.

—Lo entiendo, Tania... Pero yo sí.

—¿Tú sí quieres hablarlo? ¿Y por qué?

—Porque es el mismo tatuaje que lleva Rex.

Su último intento antes de sincerarse consistió en esquivar el tema con la excusa que, hasta ahora, había funcionado mejor.

—¿Otra vez los celos?

—No estoy celoso. Yo ni soy ni he sido celoso. Nunca.

Eso lo dije sin pensar, lo confieso. En realidad, no sé si lo soy. Me gusta creer que no, que no tengo nada de ese afán de posesión que tanto me enferma. Pero a veces somos también justo lo que odiamos.

—No te va a gustar —me advirtió.

Había una chica muerta.

Una chica de veinte años que había sido encontrada muerta.

No podía gustarme.

—No sé si Rex te habrá hablado de...

—¿Chloe? —me adelanté.

—Sí.

—Me lo ha contado.

Las piezas, por fin, empezaban a encajar.

Y eso, en realidad, era lo que más me preocupaba.

—Yo, por suerte, no lo conseguí... No como Chloe. Pero...

—Estaba allí, ¿recuerdas? Cuando no lo lograste, Tania, yo estaba allí.

—Eso también se lo he explicado a Rex: cómo nos encontramos, cómo me ayudaste durante el tiempo que pasé en aquel hospital, cómo me apoyaste cuando salimos de allí...

Por eso quiero que me lo cuentes, Tania.

Porque superamos juntos los demonios a los que, sin darte cuenta, has invitado de nuevo a tu vida.

¿No lo ves?

Pero no la interrumpo.

Si me convierto en algo tan odioso como la voz de su conciencia, me evitará. Me dirá que no tengo razón. Y me acusará de no entenderla.

Quienes hemos estado al borde del precipicio sabemos que no hay nada peor que alguien que intenta convencernos de que jamás estuvimos allí.

—Al principio, cuando Rex me lo contó, creí que estaba bromeando, pero luego... Fue poco después de que yo le hablara de todo lo que pasó con Cristian. De que le dijera cómo me hizo sufrir ese cabrón... De cómo volvió a repetirse todo cuando apareció Óscar...

«Porque eso te marca. Eso hace que no puedas mirarlo todo de la misma manera en que lo hacías antes...».

Mientras Tania hablaba, las palabras de Rex no dejaban de dar vueltas en mi cabeza. Era como si las dos voces se fundieran en una sola. Como si no pudiera distinguir a mi mejor amiga de la persona en que se había convertido a su lado.

–Rex llegó al Círculo por casualidad, cuando conoció a alguien como nosotros, alguien que tampoco lo ha olvidado... Porque esto no se olvida. Tú no olvidas, Eric; lo que pasa es que has tenido suerte y puedes agarrarte ahora a otras cosas. Te crees que lo que te ocurría entonces queda lejos, pero está cerca, hace nada de todo aquello... Y a veces me gustaría poder hablarlo contigo, o con quien fuera, sin tener que morderme la lengua. Sin fingir que soy madura. Que lo entiendo. Por eso me reúno con gente como ellos. Y conversamos. No hacemos nada más. Ni siquiera podemos ver ni mostrar nuestras caras. Solo conocemos a la persona que nos ha sumado al grupo, porque en las reuniones usamos máscaras para evitar que nos vean y sentirnos más libres. Son blancas. Sin rasgos. Hablamos frente a máscaras que no expresan nada para así poder sacar todo lo que se nos ha quedado dentro... Y funciona. Lo sueltas y funciona. Es solo eso.

–¿Solo?

–Sí, Eric, solo. ¿Podemos dejarlo aquí, por favor?

Estaba cansada.

Quizá porque había tenido que controlar cada palabra para asegurarse de que no explicaba más de lo que debía. O porque temía que haber hablado de aquella especie de club secreto tuviera repercusiones.

–No le digas a Rex que...

–Tranquila, Tania, no pensaba hacerlo.

–Él cree que tú no estás preparado.

–¿En serio?

Eso, en el fondo, no me sorprendió: era evidente que Rex, por el motivo que fuera, no me quería allí.

–Cree que tú no cumplirías las reglas.

–¿Hay reglas?

–Si.

La pregunta inmediata era: ¿cuáles son?, pero había otra que necesitaba formular antes.

–¿Y esas reglas incluyen cosas como las que le han pasado a esa chica?

–¿Qué chica?
–Paula.
–Eso no tuvo nada que ver con...
–¿Estás segura?
–En las reuniones solo hablamos. Se permite decir... cualquier cosa. Pero nada más.
–¿Es una de las reglas?
–¿Cuál?
–¿Mentirle a tu mejor amigo sobre lo que hacéis allí?
–¡No te estoy mintiendo!

Tania se puso en pie, dispuesta a marcharse. No iba a tolerar ni una sola insinuación más sobre algo que estaba segura de que no era cierto.

La tomé de la mano. Yo tampoco estaba dispuesto a que un nuevo enfado volviera a interponerse entre nosotros. Otra vez no.

Ella se sentó de nuevo. Entonces empezó a hablar sin que yo le preguntara.

Y yo volví a dudar.

¿Me estaba diciendo la verdad?

¿O había algo más que me estaba ocultando?

¿Cómo había llegado a esconderme algo así?

Me costaba creer que aquellas sesiones que empezó a describirme de manera caótica no fueran más que una especie de terapias extraoficiales.

Las máscaras.

Las reuniones en lugares aleatorios y cambiantes.

Las horas: normalmente, los encuentros nunca se celebraban antes de las doce o la una de la madrugada.

Y las tres normas del Círculo:

Nunca digas tu nombre.

Nunca cierres tu herida.

Nunca lo abandones.

Era difícil pensar que todo eso solo fuera un modo de regular unas simples tertulias con gente más o menos dolida que se reunía para verbalizar lo que, en otros foros, sentía que no podía decir con plena libertad.

–Solo queremos protegernos. Defender nuestra intimidad... ¿Tan raro te parece?

–Lo único que intento decir es que...

–¿Te recuerdo lo de mi foto? Porque lo mío empezó así... con una foto. Por eso usamos máscara y ocultamos nuestros nombres reales. Intentamos que todo sea lo más discreto posible. Si hemos aprendido algo es que tenemos que protegernos. ¿Eso tampoco lo puedes entender, Eric?

–¿Me estás diciendo la verdad? Hay una chica muerta...

–¿En serio me estás preguntando eso? Sí, hay una chica muerta, una chica que fue culpable de cosas horribles... Pero a la que ninguno hemos tocado. El Círculo no haría nunca algo así –Tania, de pura rabia, parecía a punto de romper a llorar–. Y yo tampoco.

La abracé con torpeza. Enlacé mis brazos sobre su cuerpo con toda la delicadeza de la que fui capaz, a pesar de que sintiera que había algo de artificial en ello.

Ella permitió el abrazo. Al principio mantenía una distancia, aunque fuera minúscula, entre su cuerpo y el mío, pero pronto cedió y posó su cabeza en mi hombro. Rota de un dolor que sonaba antiguo a pesar de que lo hubiera provocado una conversación presente.

Si Rex nos hubiera visto, habría insistido en su teoría.

El ayer que renace en el hoy.

La línea que dibuja una circunferencia de la que nadie puede escapar.

Pero yo le habría respondido que ese abrazo era nuestra respuesta.

El modo de romper esa línea.

El momento en que Tania ponía su cabeza sobre mi hombro y yo me dejaba. Porque eso suponía que ella había sido capaz de aprender a confiar en alguien, y yo, de no cerrarme a quienes me rodeaban.

Rex me habría mirado con superioridad, con esa expresión de saberlo todo que a veces conseguía hacerme perder los nervios. «Eso es lo que tú quieres pensar», habría sentenciado. Y nos habría dejado con la palabra en la boca, convencido de que ese abrazo no resolvía nada. De que no hay lazo que sirva para unir lo que la violencia ha destruido.

–Dime dónde será el siguiente encuentro, Tania.

–No puedo.

–Solo quiero estar allí. Acompañarte.

–No puedo, Eric, en serio. Solo se entra en el Círculo si los demás te aprueban. Y Rex te tiene vetado.

—Es ridículo...

—Esto es algo mío. Algo que necesito hacer yo... Me machacaron dos veces. Dos matones distintos y en dos institutos diferentes. No sé si crees que eso me da derecho a desahogarme, pero la verdad es que tampoco me importa. Yo necesito hacerlo. Decir lo que me dé la gana sin que nadie valore si estoy siendo o no injusta. Y tú no tienes por qué mezclarte en eso. No tienes por qué ser siempre el centro de todo, Eric.

Volví a casa con tres ideas que no dejaban de atormentarme.
Necesitaba la dirección de ese nuevo encuentro.
Había algo que Tania no sabía.
Y ese algo estaba a punto de ponerla en peligro.

Estaba seguro de que no me había mentido. Todo cuanto me había dicho sobre el Círculo, incluidas sus tres normas, era cierto. Y su convicción de que no habían tenido nada que ver con la muerte de Paula, también.

Fueran quienes fueran los artífices y fundadores de aquella extraña secta, no había nadie que pusiera en duda sus enseñanzas. Ni Rex, que había encontrado en esas reuniones la forma perfecta de dar rienda suelta a su afán de venganza. Ni Tania, que creía empoderarse asistiendo a ellas cuando, en realidad, no hacía más que perder el control sobre sí misma.

—Solo somos víctimas que no quieren seguir siéndolo. Gente que habla para dejar claro que no se avergüenza de haberlo sido —me explicaba—. Porque esa vergüenza, ese silencio es el que estuvo a punto de acabar con nosotros. Y ahora lo rompemos. Lo hacemos pedazos. Eso es lo único que matamos allí: la vergüenza.

Tania creía no mentirme cuando me afirmó que el Círculo no había matado a nadie.

Porque no podía dar por cierto algo que no sabía.

Algo que este 13 de julio iba a hacerse real.

LA CEREMONIA

–¿Sabes lo que me estás pidiendo?
–Es un caso de extrema necesidad, Matt.
–Venga ya.
–Por favor.
–¿Y por qué no se lo pides a Drew? ¿O a Jessica?
–¿Estás de broma?
–No es justo, tío.
–El rey de la tecnología eres tú.
–Pero no para esto.
–Solo unos días.
–¿Unos días? ¿Quieres que triangule la señal del móvil de Tania «solo unos días»? Genial. Hacemos algo ilegal, pero «solo unos días».
–Necesito que me ayudes.
–No pienso jugarme el cuello.
–Está en peligro.
–¿Y? Ni siquiera es amiga mía.
–Lo está, Matt, te lo aseguro. Pero ella no se da cuenta.
–Eres lo peor, tío. Me montas un pollo de conciencia de la leche y esperas que yo haga algo que sabes que no debo hacer.
–Solo te pido que me ayudes a tenerla localizada.
–¿Pero tú de qué vas? Eso es acoso, colega.
–Eso es ayudar a alguien que no se deja. Necesito saber dónde va a ser el siguiente encuentro.
–¿Qué encuentro?
–No puedo decírtelo.
–Guay. No puedes decírmelo, pero sí puedes pedirme que le hackee el móvil a tu mejor amiga.
–No quiero complicarte la vida, Matt.
–Habla otra vez con ella.

—No serviría de nada.

—Entonces es que a lo mejor no tienes que saberlo.

—No va a hablar porque se lo han prohibido. Ella cree que no va a pasar nada, pero yo estoy seguro de que sí.

—¿Por qué? ¿Tienes superpoderes o algo?

—Eso decía mi abuelo.

—¿Y tú te lo creíste?

—Decía que yo veía cosas que otros no veían. Supongo que era su modo de entenderme.

—Por lo menos tu abuelo no te amargaba la vida. Los míos siguen sin llamarme por mi nombre.

—Matt, por favor, échame una mano.

—¿Tan importante es?

—Mucho. Tania se ha metido en algo que la supera. Y no puedo esperar a que lo peor ocurra. Yo tengo que actuar.

—A ti te ha poseído tu personaje, chaval.

—El de la serie no se parece a mí.

—Vaya que sí. Dylan es otro loco de los que van por ahí reparando injusticias.

—¿Ese no era el Quijote?

—Sería, no sé. Yo soy más de ciencias, tío.

—Pues acabas de destrozar a los guionistas de *Ángeles*.

—No jodas, anda.

—Lo mismo están plagiando a Cervantes y no nos hemos enterado.

Él contesta con un emoticono.

Yo cierro, de momento, con un *gif*.

Ni su reacción ni la mía responden al favor que necesito que me haga, así que los dos aguardamos en el chat el tiempo necesario hasta que la duda —a favor de su miedo o de mi tenacidad— se resuelva.

No me apetece forzar más la situación, pero confío en que la amistad que nos une sea suficiente para que me crea y se decida a ayudarme.

Necesito saber dónde será la siguiente reunión. Asegurarme de que en ella no pasa nada. Al menos, nada que no sea un simple ejercicio de odio verbal.

¿Y si hubiera etapas?

¿Ritos de paso?

¿Y si en vez de un único círculo fueran muchos más? Uno dentro de otro. Hasta que la vista sea incapaz de contarlos. Hasta que se pierdan y no sepas bien dónde te encuentras...

Tania no lo ve como yo. No es consciente de que su Círculo podría ser una de esas sectas de las que nos habríamos reído tiempo atrás. Una de esas encerronas en las que, si no nos hubieran dividido, ella jamás habría caído.

Por eso Rex me veta. Por eso es necesario que no forme parte de aquello.

Es preciso aislar a los miembros para que la captación surta efecto.

Y lejos de mí, ella es más débil.

Tanto como lo soy yo lejos de ella.

Tania no ha estado más que en dos reuniones. Eso me dijo.

Solo un par de encuentros, y ambos posteriores a que se hallara el cadáver de Paula.

Pero ¿y si el tercero fuera distinto?

Matt sigue en silencio.

Espero su última respuesta con una confianza ciega en esa generosidad que ha demostrado desde que lo conozco. Desde la primera vez que nos cruzamos buscando respuestas que no encontrábamos en otras fuentes que no fuéramos nosotros mismos. De Matt vinieron lecturas, películas, canciones. Con él empecé a construir un mundo de referencias al que pronto se sumarían primero Jessica, y luego, Drew. Un pequeño universo *online* que ha sido gigantesco en los días difíciles. En los días que, aún hoy, lo siguen siendo.

–¿Cuánto tiempo necesitarías que estuviese activa la geolocalización, Eric?

–Un mes.

Nuevo silencio.

Escribiendo.

Borrando.

Escribiendo.

–Está bien. Pero ni un solo día más.

–Gracias, Matt.

–Necesitarás un *nick*.

–Orfeo.

–Qué pedante que puedes ser, colega.

Y yo sonrío.
-¿A que sí?
-Si surgen problemas, esto no ha sucedido, ¿me oyes?
-Por supuesto.
-JAMÁS.

SÁBADO, 13 DE JULIO
04:02 a. m.

Mientras el inspector Alcira formula sus primeras y, de momento, rutinarias preguntas, pienso hasta dónde deberé afilar esta vez mi capacidad narrativa.

A lo mejor tenían razón en ese informe, mamá.

A lo mejor la palabra sí que es mi arma más eficaz.

Y quizá la única que me salvará esta noche para que el frágil castillo de naipes que he construido en estos últimos meses no se derrumbe.

No quiero que mi futuro se convierta en pasado.

No quiero que mi suerte quede atada para siempre a la de Rex.

Ni que mis oportunidades desaparezcan.

Me siento más egoísta de lo que me gustaría mientras el inspector despliega ante nosotros un juego de fotografías con el que espera provocar en mí una reacción que, sin embargo, no se produce.

—¿Lo conocías?

He entrado convencido de que esta vez iba a ser la más dura. Porque Alcira tiene ese gesto de los que no se rinden hasta que han conseguido su objetivo. Y porque aún corro el riesgo de que encuentren alguna pieza que varíe por completo el sentido de su rompecabezas.

Es esencial que, pase lo que pase, continúe siendo el único autor de los hechos que quiero que conozcan. El narrador egoísta que solo deja ver a los demás lo que él necesita que vean.

—No, no lo conocía.

No tengo que esforzarme por fingir sorpresa. Ni perplejidad.

No tengo que hacer nada más que contestar con sinceridad ante el rostro de alguien que, en realidad, no he visto nunca.

—¿Estás segura?

Golpe innecesariamente bajo.

—Perdón; seguro.

Podría fulminarlo con la mirada. Incluso decirle algo. Pero no es necesario. Basta con que lo haga Gabriela y, de paso, le amenace con marcharnos inmediatamente si vuelve a hacer el más mínimo comentario tránsfobo.

–Lo siento. No pretendía ofender a nadie.

Eso puede que sea verdad.

Lo único que pretendía era desubicarme.

Hacerme sentir mal gracias a la kriptonita que intuye que romperá el escudo con el que he acudido aquí esta noche: «Quizá si sacudo sus miedos... Quizá, si vuelo por los aires todo lo que haya construido sobre sí mismo, consiga que se ablande. Que hable. Que confiese –aunque sea desde el odio que estoy dispuesto a provocarle– lo que tenga que confesar».

Su idea para este segundo interrogatorio es tratar de hacerme sentir incómodo. Equivocarse con algún pronombre. Cambiar algún adjetivo. Tal vez mencionar el único nombre que nadie tolero que mencione.

–Entonces, ¿jamás has visto a este hombre?

–No.

Deja la fotografía sobre la mesa y saca un dosier en el que adivino, anotados con caligrafía de urgencia, ciertos aspectos de mi vida. Hay algo que parece una copia de mi libro de familia, algunos artículos recientes (todos sobre mi participación en *Ángeles*) y unas cuantas fotografías que estoy seguro de que han salido de mis propias redes.

–¿Vives con tus padres?

–Esta pregunta no es pertinente. La vida familiar de mi cliente no tiene nada que ver con...

–Es pertinente, letrada, se lo aseguro. Necesitamos saber si su coartada, en caso de que tenga alguna, podrá ser corroborada por un familiar.

–Mi cliente no ha esgrimido ninguna coartada. Se ha presentado ante ustedes voluntariamente para señalarse a sí mismo como parte de un suceso fortuito que ha devenido en una muerte accidental.

–Lo sabemos. Pero de lo que no estamos seguros es de que no haya participado también en otra muerte anterior –el inspector agita de nuevo la fotografía frente a mí–. Así que repetiré la pregunta: ¿aún vives con tus padres?

–Con mi madre.
–¿Y tu padre?
Me encojo de hombros.
–¿No vive con vosotros?
No tiene derecho a preguntarme eso.
No quiero que me pregunte sobre eso.
Gabriela, por favor, páralo.
–¿No me has oído?
–Se fue. Hace años.
–¿Cuántos?
–Once.
–Así que tú tenías...
Nueve, maldita sea. Yo tenía nueve. Pero eso no necesita que se lo diga. Puede restar él mismo. Es más, seguro que ese dato figura en la carpeta donde su equipo ha recopilado todo lo que ha podido sobre mí en estas horas.

Por eso han tardado tanto en llamarnos.

Por eso no han querido que entrásemos antes.

No porque estuvieran investigando la conexión entre la nueva víctima y yo.

Qué va.

Ni porque quisieran saber qué vínculos podía haber entre él y Rex.

Tampoco.

Han tardado porque a quien han estado investigando de verdad es a mí.

Se han asegurado de hacerse con todos los datos que pueden volverme vulnerable en este último interrogatorio. Y han empezado fuerte. Apuntando directo a la herida. A ese centro de la diana que me devuelve a la edad maldita. Al espejo. A la camisa. Al día en que amanecí siendo un niño y me metí en la cama con la sensación de que me habían empujado a algo que se parecía mucho a la adolescencia.

Nueve.

Yo tenía nueve años y una camisa gigantesca.

Y unas ganas inmensas de que alguien me abrazara.

De que aquel hombre que me miraba con asco me abrazara.

–¿Tu padre y tú os veis con frecuencia?

Quiero levantarme e irme.

Gabriela, de nuevo, intenta frenar esta línea de acción, pero el inspector sabe que tiene las de ganar. Estamos en su territorio y yo he venido voluntariamente.

—Es él quien quería hablar con nosotros —le recuerda—. ¿No es así, Eric?

Asiento.

—Pues ahora puedes hacerlo. No te cortes.

Si le hablo a Alcira de la fotografía, detendré todo esto.

Puedo darle su nombre.

Confirmar que no lo he visto nunca, pero que sí sé cómo se llamaba. Y hasta quién era.

Si digo eso, conseguiré salir de este cuarto en el que ahora mismo tengo nueve años. Pero entraré en otro donde el tiempo acabará deteniéndose. Donde nada volverá a ser como era. Si es que aún quedan esperanzas de que algo vuelva a serlo.

—Entonces, ¿tu padre no puede confirmar a qué hora saliste esta noche de casa?

Niego con la cabeza. No pienso decir nada más sobre él. Esta noche, no.

—¿Y tu madre?

—No estaba en casa.

—Qué conveniente, ¿verdad?

—Mejor nos ahorramos los juicios de valor —le reprende Gabriela—, ¿no le parece, inspector?

—Por supuesto. Pero es una pena que no haya nadie que pueda confirmar que saliste cuando nos has dicho que saliste.

—Les he contado la verdad.

—¿Por qué iba a venir aquí si no era para eso? —me da la razón mi abogada—. Si estuviera ocultando algo, no se habría acercado. Estaría escondiéndose en algún sitio, metiendo la pata como habría hecho cualquier otro chaval de su edad... Pero él no, inspector. Eric es bastante más maduro. Y más honesto. Así que se merece que lo traten como tal.

—Más maduro... —Alcira busca en su carpeta un informe que reconozco enseguida. Nunca pensé que algo así saldría también en una noche como esta—. ¿Te suena?

Cómo no va a sonarme... Tenía que aparecer ahora. Precisamente aquí.

—¿Me permite? —Gabriela extiende la mano para que le muestre los papeles. Le echa un vistazo de dos segundos y pregunta de forma inmediata—: ¿Me explica cómo ha conseguido ese informe? Se trata de un documento privado.

—No debe de ser tan privado cuando su madre se encargó de repartirlo a todo el claustro de su antiguo instituto.

El oficial sonríe satisfecho, ajeno a la amenaza de demanda contra el centro que, sin demasiada convicción, esboza mi abogada. Acaba de dejar claro que ellos también han sabido jugar sus cartas mientras nosotros tratábamos de ordenar las nuestras.

—«Asimismo —comienza a leer en voz alta el pasaje que alguien, tal vez él mismo, ha subrayado—, resulta especialmente significativa su resistencia a la frustración, rasgo que lo vuelve proclive a manifestar reacciones violentas frente a quienes se oponen a sus deseos inmediatos, ya que considera que dicha negación pone en duda su capacidad de juicio y les resta a sus decisiones la madurez que, pese a su edad, él mismo les presupone». ¿Eso es lo que te ha pasado hace un rato?

—Ya he contado lo que ha sucedido.

—Lo sé. Pero creo que no nos hemos enterado demasiado bien... ¿Te importa repetírnoslo?

Vuelvo a la versión inicial, aunque esta vez trato de hacer hincapié en los detalles: los cambios en la serie, la violenta reacción de Rex al respecto, su adicción al alcohol y a ciertas drogas en los últimos tiempos, el encuentro en el descampado, la pelea, su intento de agresión... y el accidente.

—Llámalo así —me ha pedido Gabriela—. Cada vez que te refieras a lo que ha pasado, utiliza esa palabra. Cuanto más lo presentes como el accidente que necesitamos que vean, más oportunidades tendremos de que sea así como lo califiquen.

El inspector vuelve a insistir en la fotografía de la otra víctima.

—Su cuerpo apareció en un local abandonado a unos metros del lugar donde encontramos a Rex.

—No lo sabía —trago saliva.

—¿Lo conoces?

—¿El local o la víctima?

—Los dos.

—No y no.

Mi doble negativa suena tan tajante que parece haber tocado levemente su orgullo de policía entrenado para sonsacar a alguien a quien considera tan débil como yo.

Solo soy alguien con miedo.

Alguien demasiado joven como para poder oponer resistencia a un inspector que se imagina con una gran carrera por delante.

Y un caso como este, una operación con calado mediático, puede ayudarle en ese objetivo.

–¿Cuándo te diste cuenta de que tu cuerpo era un error?

Acuso su nuevo golpe bajo como si hubiera recibido una patada en el estómago, pero no lo muestro. Mantengo el gesto rígido y le aguanto la mirada hasta que consigo hacerle dudar de sus modos rastreros y mediocres. Él no lo sabe, por eso me subestima, pero la auténtica ventaja de quienes sabemos cómo duele la identidad es la fuerza que nos otorga esa memoria.

–Inspector, le he advertido que... –salta Gabriela.

–Solo intento trazar una línea en la biografía de su cliente –la interrumpe.

–Pues en la biografía de mi cliente no hay errores. Hay hechos. Son cosas diferentes.

–Lo lamento si no lo he preguntado de la mejor manera...

Casi siento ganas de reírme.

Es obvio que no lo lamenta. Es más, que lo ha preguntado con toda la mezquindad de la que ha sido capaz. Quiere hacerme perder el control que aún mantengo, así que está dispuesto a seguir horadando en esa línea cuanto sea preciso. Pero no importa. No he llegado hasta aquí para hundirme ahora. Y si él ha utilizado la carta de aludir a mi padre, yo empleo ahora la de pensar en mi abuelo.

La ausencia de uno, el apoyo incondicional de otro.

Porque las presencias que hay en mi vida son mucho más fuertes que las ausencias. Las segundas acabaré superándolas. Las primeras nunca dejarán de acompañarme.

–Con nueve empecé a vestirme poco a poco como quien soy. Y con doce, a llamarme Eric. Supongo que es eso lo que está preguntándome.

–¿Hablaste con Rex de todo esto alguna vez?

–¿Por?

–A lo mejor no fue un tema profesional... Sino emocional. ¿Había sucedido algo entre vosotros antes?

–¿Algo como qué?

–No sé, dímelo tú... Quizá él tenía ganas de experimentar con alguien como, bueno, con alguien como tú.

Esas dos palabras.

Esas malditas dos palabras.

Y esta vez sí es un «como tú» de los que duelen.

Un «como tú» de los que me sitúan al margen. En ese estrecho lugar donde solo estamos *nosotrxs*: Drew, Matt, Jessica o yo mismo. Y Tania.

–Alcira va a intentar que pierdas el control –me había advertido Gabriela–. Tienes que ser consciente de ello.

Lo soy.

Creía serlo.

Pero no esperaba que las dificultades surgieran así. El primer interrogatorio ha sido tan sencillo que me he relajado en exceso.

–No bajes la guardia, Eric –me había aconsejado justo antes de entrar–. Hazme caso.

Pero yo la había bajado.

Porque había sido fácil convencerlos de que no conocía a su otra víctima.

Porque era cierto que aquella foto no me decía absolutamente nada.

Y lo que no imaginaba es que el golpe vendría justo después.

Que sería íntimo.

Un golpe directo a mi vida. A mi pasado. Al presente que con su «como tú» niega quién soy.

–Rex y yo trabajábamos juntos. Éramos colegas de curro –subrayo cada palabra mientras reprimo mis ganas de escupirle todo lo que pienso de verdad–. Nunca hubo nada más entre nosotros. Y mucho menos, sexo.

–¿Y él? –vuelve a mostrarme la fotografía del chico que no he podido, que no he querido identificar–. ¿De verdad no puedes decirme nada sobre él?

–Mi cliente ya ha respondido a eso.

–Su cliente está jugando a un juego muy peligroso.

–Les ha dicho todo lo que sabe, inspector. No es culpa suya que haya aparecido otro cuerpo para el que no tengan una explicación.

–Otro cuerpo que se hallaba apenas a unos doscientos metros de donde ha tenido lugar el cri...

Gabriela no le deja acabar.
–El accidente.
–¿Estás seguro de que no tienes nada más que añadir?
Asiento mientras él vuelve a guardar las imágenes en la carpeta que contiene las primeras evidencias del caso.
–A lo mejor una noche en el calabozo te refresca la memoria...
–No hay razones fundadas para ello. Mi cliente ha acudido libremente. El accidente ha sido, como su propio nombre indica, involuntario. Y es obvio que no hay riesgo de fuga. Podemos aceptar una salida bajo fianza, pero en ningún caso una retención injustificada hasta que se formule una acusación formal.
–Qué harían los abogados si les quitasen su palabrería...
–Lo mismo que la policía si les quitasen sus esposas, supongo.
El inspector le devuelve a Gabriela una sonrisa sarcástica.
–Mañana te quiero en este despacho a primera hora. Y nada de salir del país en las próximas semanas, ¿está claro? Hasta que esto no se resuelva, de aquí no se mueve nadie.
Antes de poder darme la vuelta, me dispara una pregunta más.
En realidad, no lo es.
Solo es su última bala.
No creo que aspire a que me abra con ella, pero sí confía en que me desequilibre lo justo como para que nuestro próximo encuentro se salde a su favor.
–No tuvo que ser fácil.
No preguntes, Eric.
Sabes lo que está a punto de decir.
–¿No? –insiste él, dispuesto a romper mi silencio.
–¿Cómo? –finjo no entender a qué se refiere.
–En el colegio, en el instituto... Debió de ser complicado, ¿verdad?
Me muerdo la lengua.
Cierro los labios.
Aprieto los puños.
Gabriela me guía hacia la puerta y yo doy un portazo.
Eso es todo lo que Alcira consigue de mí.

–¡Eric!
No podía imaginarme que mi madre estaría esperándonos.
Y tampoco estoy seguro de quién la ha avisado (¿tal vez Hugo?), pero eso ahora mismo no me importa.

Solo sé que su presencia resulta más oportuna que nunca.

Que me fijo en que ha traído consigo mi cazadora favorita: una chupa negra que lleva en las manos porque imagina que estaré algo destemplado.

No le doy tiempo a que diga nada más.

Tampoco a que me pregunte todo lo que imagino que ahora quiere saber.

Lo único que hago es acercarme.

Sentir cómo mis pasos me llevan, al mismo tiempo, unos años atrás.

Y cuando por fin estoy frente a ella, dejo que salga de mí el niño que no comprende nada de lo que le está pasando.

El adolescente que quiere que acabe de pasar.

Y el joven que solo aspira a que lo entiendan.

Los tres se abrazan a ella con la misma fuerza. Y, de repente, esta noche no quedan rastros de los reproches antiguos. De los noes que dolieron. De las dudas que castigaban. De los vacíos que nos impedían acercarnos.

Esta noche siento que, por encima de todo, ella está de mi parte. Aunque no siempre supiera cómo. Aunque en adelante tenga que esforzarme más por enseñarle a conseguirlo.

Gabriela se aparta y nos deja unos minutos a solas. Es consciente de que, ahora mismo, esto es todo lo que necesito.

—Deberíamos irnos a casa —me dice mi madre mientras pone la chaqueta sobre mis hombros—. Tienes que dormir un poco.

Pero justo cuando salimos de la comisaría, la verdad aparece.

Desde que comencé a jugar este peligroso juego, sabía que esto podía ocurrir. Su presencia aquí formaba parte de las opciones de esta madrugada en que todo lo que no debería suceder ha acabado pasando.

—Tenemos que hablar.

Gabriela, Hugo y mi madre nos miran inquietos.

—Dadme un momento, por favor —les pido.

—Eric... —intenta retenerme Gabriela.

—Solo será un segundo.

Acceden contrariados y yo busco un lugar apartado en el que Tania y yo podamos conversar sin que los demás nos oigan.

—Se suponía que teníamos un acuerdo —le recrimino.

—No hemos acordado nada... Solo has tomado la iniciativa mientras yo estaba en shock...

—Aún lo estás.

—¿Y tú no?

—Hazme caso. Esta alternativa es la mejor.

—No, Eric. No es la mejor.

—¿Sabes lo que pasará si...?

—No. No tengo ni idea. Solo me lo puedo imaginar...

—Hasta ahora me han creído. Deja que...

—No pienso hacerlo. ¿Y sabes por qué? Porque no sé lo que va a pasar cuando les cuente la verdad, Eric, pero sí sé lo que va a pasar si no lo hago. Y lo que va a pasar es que las sombras volverán y acabarán con todo. Que no soportaré ocultar algo tan gordo como esto. No me perdonaré jamás por no haber tenido el valor de romper el Círculo.

Miro su muñeca y me doy cuenta de que ha intentado tachar, a golpe de cuchilla, su tatuaje.

—Por favor, Tania... —me niego a que tire por la borda todo lo que hemos conseguido hasta ahora.

—Yo no sabía... Te juro que no sabía que llegarían tan lejos.

—¿Pero sí que Cristian estaría allí?

De repente, una incómoda duda que se instalará para siempre en mi conciencia: qué era lo que le había sorprendido, ¿el hecho de que fueran a torturar a alguien, o que aquello acabase convirtiéndose en un asesinato?

—No, no tenía ni idea —tal vez sea el cansancio, pero su voz me suena menos contundente que hace solo unos segundos.

—No te van a creer.

—¡No me importa! Necesito soltar esta mierda antes de que me acabe ahogando.

—Tania...

—Lo siento. Es hora de que sea yo quien hable. Y, tanto si me apoyas como si no, lo voy a hacer.

Trato de detenerla. Sin embargo, entra decidida en la comisaría. Está dispuesta a llegar hasta el final y afrontar las consecuencias que su confesión pueda traer consigo.

Mi madre me interroga con la mirada. Hugo, que la ha reconocido, también se alarma. Y mi abogada, que intuye que lo que esa chica diga va a alterarlo todo, corre hacia mí.

–¿Qué está pasando, Eric?

–No lo sé, Gabriela... No lo sé.

Volvemos tras nuestros pasos y vamos en busca del inspector. Pero ya es tarde.

Tania está junto a ellos, rodeada por dos oficiales –uno de ellos es el joven de los ojos claros– y dispuesta a contárselo todo. Alcira, satisfecho con su nueva e inesperada presa, nos lanza desde la puerta de su despacho una mirada de triunfo que casi resulta obscena, justo antes de cerrar.

Al fin ha llegado el momento de Tania.

La hora de su versión.

8
LO QUE NOS ~~HUNDIÓ~~ LIBERÓ

LA REUNIÓN

Los siguientes capítulos no deberían existir.

Mi idea era escribir solo las páginas anteriores. Con esas habría bastado para entenderlo todo. Las que explican quién soy. Cómo he llegado aquí. Qué papel juega la gente que me rodea en mi vida. Y cómo es posible que mi destino haya quedado marcado este 13 de julio por el cruce de caminos entre Tania y Rex.

Eso debería haber sido suficiente. Y supongo que por eso comencé a escribir(me): porque necesitaba ordenar el caos que se ha adueñado de mi vida desde ese entonces. Y pensé que encontrar los hilos que permitieran resumirlo me ayudaría.

Sin embargo, después de que Tania apareciera en la comisaría, el final que tenía previsto ya no es posible. No puedo cerrar la historia con puntos suspensivos.

Para que así fuese, habría bastado con que ella se ajustase al plan que habíamos improvisado esa madrugada: «Quédate en casa, Tania. No hables con nadie. No digas ni una sola palabra».

A fin de cuentas, todo lo que hice aquella noche nació de un único deseo: conseguir que no se acercaran a ella y evitar que tuviera que enfrentarse a una situación de la que nunca debió formar parte.

—No necesito que nadie me salve —me dijo el primer día que nos conocimos en el hospital. La tarde en la que, en aquel taller literario que hacíamos con un escritor que venía a hablar con nosotros una vez por semana, se me ocurrió ofrecerme como un apoyo para una lucha en la que ella tenía tantas armas como creía haber acumulado yo.

—No pretendo salvarte —me excusé, a pesar de que era precisamente eso lo que acababa de intentar–. Solo creo que podríamos llevarnos bien.

—Veremos —me respondió con escepticismo—. Eso ya lo veremos.

Han pasado seis años desde aquel encuentro y, aunque todo parece diferente en nuestras vidas, quizá lo cierto es que no ha cambiado casi nada.

Ahora, mientras Tania prueba suerte con grupos de teatro alternativo que pagan poco (o, más bien, nada), yo me hago selfis con los fanes de *Ángeles*.

Pero lo demás, lo esencial, sigue siendo exactamente igual que siempre.

«No necesito que nadie me salve», me pareció que volvía a decirme justo antes de que el inspector Alcira cerrara la puerta de su despacho.

—¿Nos va a perjudicar? —se preocupó Hugo—. Lo que diga esa chica, Eric, ¿puede afectarnos?

No sé qué respondí.

Ha pasado ya un mes desde ese 13 de julio y a veces siento que fuera mucho más tiempo.

Un año.

Una década.

Un siglo.

Toda una eternidad.

Ahora queda seguir esperando.

Tener paciencia (cómo odio esa palabra) hasta que empiece el juicio.

Hasta que decidan la sentencia.

Hasta que sepamos qué va a ser de nuestras vidas.

Un mes es demasiado poco tiempo para contestar esa pregunta. Pero el suficiente como para seguir sintiendo muy próximos todos los momentos en que perdí los estribos.

Como cuando Hugo quiso saber si aquello podría afectar a la audiencia de la serie o a sus ingresos o a cualquier otra faceta de su vida profesional, en vez de mostrar un mínimo de empatía hacia aquella chica que acababa de entrar dispuesta a confesar la verdad sobre una noche horrenda.

Una madrugada que se había sellado con dos muertos.

El segundo, aunque fuera el primero del que la policía tuvo noticia, era Rex.

El primero, a quien –sin embargo– habían descubierto más tarde, se llamaba Cristian.

Sabía que la noche del 13 de julio tendrían reunión en el Círculo.

No había conseguido que Tania venciera su miedo a invitarme. Ni siquiera que le comentara a Rex si podía acompañarla en alguna ocasión o que me diera permiso para preguntárselo yo mismo. Pero al menos la convencí de que, cuando fuera a verse con ellos, no me lo ocultase.

–Si lo único que hacéis allí es hablar, ¿por qué no ibas a poder contármelo?

Era un trato justo.

Y, sobre todo, una manera eficaz de demostrarme que estaba convencida de que el Círculo jamás cometería una acción tan atroz como la que yo había pretendido imputarles.

–Ves fantasmas donde no los hay.

–Puede. Pero prefiero adelantarme a que me sorprendan ellos...

–Tú y tus intuiciones, Eric.

–Yo y mis intuiciones, sí...

Tania solo me pidió que fuera discreto. No quería poner en peligro ni su relación con Rex ni cuanto, según ella, le aportaba el Círculo. A cambio, me aseguró que nunca me mentiría. Si se reunía con ellos, me lo diría. De ese modo no habría forma de que dudases de su palabra ni de cuanto se hacía en aquellas reuniones.

Supongo que si Tania hubiera sabido que yo había buscado ayuda externa, no habríamos llegado a ese acuerdo. Es más, me habría acusado, y con razón, de engañarla. De aprovecharme de su ingenuidad. Imagino que me habría reprochado mis mentiras y me habría hecho ver que estábamos reconstruyendo nuestra amistad desde posiciones desiguales, ya que ella había optado por un intento de transparencia mientras que yo me mantenía en un lugar algo más translúcido, camuflado entre los metadatos que obtenía Matt y las informaciones espaciales que traducía a partir de ellos.

–No pienso hacerlo más –me advirtió Matt justo un día antes de que tuviera lugar el encuentro del 13 de julio–. Mañana es la última vez que te ayudo con esto. No me siento cómodo, Eric.

—Lo entiendo.
—Aunque me insistas.
—No insistiré, tranquilo.

En realidad, tampoco tenía pensado hacerlo. El del 13 de julio era el tercer encuentro del Círculo desde que Tania y yo habíamos tenido aquella conversación, y en ninguno de los dos anteriores había ocurrido nada que debiera alarmarme. En ambos me había ocultado a una distancia prudencial y había observado cómo todos los participantes, siempre ocultando su rostro, abandonaban el lugar sin que hubiera ocurrido nada significativo, y mucho menos criminal.

Empezaba a pensar que no eran más que un grupo de obsesivos que habían creado un club de víctimas anónimas y que, en el caso de Rex y de Tania, se había convertido en algo casi adictivo. Así que quizá la aparición del cadáver de Paula no hubiera sido más que una macabra casualidad.

Incluso dudé de si aquellas marcas en los brazos eran —como yo había creído— las dos mitades de una posible circunferencia o —como pensó la policía— tan solo el resultado de sus intentos de defenderse del agresor.

Quizá esa secta —porque eso era lo único que me negaba a desmentir: seguían siendo una secta— no atacaba a nadie más que a sus propios miembros, avivando en ellos un dolor que deberían aprender a cerrar y que, sin embargo, con aquellas reuniones mantenían siempre abierto y hostil.

Así que, a la vista de los nulos resultados obtenidos con mi vigilancia, estaba de acuerdo con Matt en que, si ese sábado 13 tampoco ocurría nada, ya no sería preciso, y ni siquiera conveniente, seguir espiando las ubicaciones del móvil de Tania.

—No me gusta esta movida, tío. Si se entera y nos denuncia...
—Ella nunca haría eso.
—¿Y tú cómo lo sabes?
—Porque lo sé.

Matt no podía entenderlo.

Porque Matt no había conocido a Tania.

No la había visto peleando por volver a ser ella misma en un hospital donde encontrábamos recuerdos de nuestra pesadilla en todos los lugares hacia los que mirábamos. En medio de aquel encierro donde cada rincón nos gritaba que habíamos estado a punto de rendirnos, que casi habían podido con nosotros, que era necesario luchar más fuerte, gritar más alto, si queríamos salir de allí para no regresar jamás.

Matt no sintió lo que yo sentí cuando Tania supo estar conmigo –sin hablar, sin tocarme, sin decir una sola palabra– la primera vez que lloré en aquel hospital todo lo que no había llorado hasta entonces. Cuando me prometió que, tan pronto como saliéramos de allí, nos aseguraríamos de que nuestra amistad viviría para siempre.

Siempre, Tania.

Eso dijimos.

Siempre.

Por eso aquel 13 de julio, como ya había hecho en las otras dos ocasiones, tenía que volver a intentarlo, aunque fuera por última vez. Bastaba con coger mi moto, acudir a la ubicación que me enviaría Matt tan pronto como Tania se encontrase en ella y esperar a que acabase la reunión.

Esta vez, sin embargo, iba a ser diferente.

Tania no estaba preparada para lo que iba a ocurrir en la nueva reunión.

–Vete a casa y olvídalo todo –le dije.

–Eric... –intentó detenerme.

–¡Que te vayas! ¿No me has oído? –el cuerpo de Rex en el suelo, mis dedos tratando de marcar el número de Urgencias, Tania mirándome horrorizada–. Hugo sabrá lo que hay que hacer. Le conviene. A mí puede salvarme, Tania. Pero a ti no.

–Eric, por favor...

–¡Que te largues de una vez, joder!

Eso era todo lo que tenía que hacer.

Irse a casa.

Esperar a que yo la llamase.

Y, mientras tanto, guardar silencio.

–No necesito que nadie me salve –me había dicho cuando nos conocimos.

Así que, siendo fiel a sus palabras, aquel sábado 13 de julio fue ella la que, con su testimonio, me salvó a mí.

LA VERSIÓN DE TANIA

Hasta ahora no ha habido más detenciones.
–Es pronto –intenta serenarme Gabriela–. Estas investigaciones llevan tiempo.
–Tienen todos los datos... –me desespero–. No entiendo que no hayan podido dar con ninguno de esos cafres que les comieron la cabeza a Rex y a Tania haciéndoles creer en su jodido Círculo...
–¿Qué datos? –se enerva Hugo, que en este mes no solo ha conseguido salvar mi contrato, sino incluso revalorizarme gracias al aura de héroe que, junto con Valeria, se ha trabajado en los medios–. Solo sabemos que son una panda de locos con máscaras que jamás dejan huella en ninguno de los lugares en que se reúnen.
Lo de las huellas era cierto: habían revisado sin éxito todos los sitios de los que pudimos dar noticia gracias a las búsquedas de Matt, que dudo que alguna vez llegue a perdonarme el interminable interrogatorio al que lo sometió la policía, y en ninguno de ellos había una sola pista que permitiese identificar a los miembros del Círculo.
Lo de la panda de locos, no tanto: estaba claro que había gente moviendo los hilos de ese grupo desde el principio. Gente que no improvisaba; al revés: habían sido capaces de inventar todo un ritual y hasta un proceso que no solo conseguía que se cometieran asesinatos como el de Paula y el de Cristian, sino que implicaba a sus miembros obligándolos a guardar silencio sobre lo que allí había sucedido.
No sé cómo se lo contaría Tania a la policía.
Pero sí recuerdo cómo me lo confesó a mí.

Necesitó unos días para atreverse.
Casi una semana guardando silencio, preguntándose qué iba a ser de ella y rechazando mi ayuda cuando le pedí que aceptara la defensa de Gabriela.

–No puedo pagar lo que pide –se excusó.

–Pero yo sí... Y, además, ella está dispuesta a rebajar sus honorarios –intenté convencerla.

Me costó, pero conseguí que Tania accediera antes de que quisiera hablar conmigo y explicarme toda la verdad.

Su verdad.

La que yo solo podía intuir tras acudir a la dirección que me había indicado Matt convencido de que, por tercera vez en un mes, se trataría de una aburrida noche de sábado en la que esperaría a verla salir de un local cualquiera donde habrían vuelto a celebrar su odio en voz alta.

Pero aquella madrugada no fue eso lo que vi.

Lo que vi fue cómo alguien –Tania– salía corriendo del lugar en el que se había reunido y trataba de escapar hacia el descampado.

Y cómo alguien –¿Rex?– cubierto por una máscara intentaba impedirlo.

Al fondo, un grupo de personas imposibles de identificar que, nada más verme, se dispersaron velozmente sin dejar rastro.

¿Siete, ocho, diez personas?

No lo sé.

Era imposible contarlos, pues corrían en direcciones opuestas, decididos a que nadie pudiera dar la más mínima información sobre su identidad o su paradero.

Tras de sí, abandonado en aquel local destartalado, habían dejado el cadáver que la policía encontraría en último lugar: Cristian.

No era fácil entender lo que estaba pasando. Solo podía saber que Tania huía. Que alguien pretendía retenerla. Que los dos se quedaron inmóviles cuando me descubrieron y me interpuse entre ellos, dispuesto a defenderla pasara lo que pasara.

Entonces ocurrió el primero de los grandes errores de esa noche.

Hubo más antes, claro. Pero aquel fallo iba a ser clave en la cadena de despropósitos que estaba a punto de comenzar.

Su perseguidor se quitó la máscara.

–Por favor, Tania, tranquilízate.

Era Rex quien le pedía que se calmase a la vez que me miraba intentando buscar una complicidad que en ese momento no podía ofrecerle. No tenía ni idea de lo que había sucedido allí dentro, pero sospechaba que era de la suficiente gravedad como para que Tania hubiese salido corriendo.

—Aléjate...

Él insistía en cerrarnos el paso: ahora que conocíamos su identidad, no podía dejarnos marchar. Al menos, no sin asegurarse de que mantendríamos la boca cerrada.

—¡Que te alejes, joder!

Todo sucedió demasiado deprisa. Pero las pesadillas siempre ocurren así: atropelladas. Sin que nadie tenga tiempo de hacer algo que pueda evitarlas. Sin que haya una sola acción acertada en medio de la vorágine de errores que se cometen. Uno tras otro.

Intento organizar la secuencia, pero solo obtengo fotogramas que se solapan. Como si hubieran enloquecido en la sala de montaje y el resultado fuera una escena en la que todo sucede a la vez. Todo en medio de un mismo grito. De un mismo y evitable charco de sangre.

Rex intentando lanzarse sobre Tania. Yo deteniéndolo. Rex dándome un puñetazo en las costillas. Rex tirándome al suelo. Yo tratando de levantarme. Rex dándome patadas y corriendo hacia ella. Tania buscando el modo de evitar que él la alcance. Rex dispuesto a cualquier cosa para no dejarla salir de allí. Tania subiendo a mi moto. Rex cerrándole el paso. Tania gritándole «déjame». Rex ordenándole «no te muevas». Yo, en el suelo, retorciéndome de dolor y gritando que paren de una maldita vez. Tania arrancando. Rex bloqueándole la salida. Y Tania, tratando de evitar un último forcejeo en el que Rex habría acabado imponiéndose sin dificultad, arrollándolo.

Antes de los créditos finales, Tania frena.

Ha oído, como yo, caer el cuerpo de Rex contra el asfalto.

Un golpe seco.

Brutal.

Un sonido que nos acompañará el resto de nuestras vidas y que, estoy seguro, no formaba parte de lo que ella esperaba que sucediera.

—No pretendía matarlo —le dijo a la policía.

Exactamente lo mismo que pensó cuando se dio cuenta de lo que acababa de ocurrir. Cuando me tocó a mí mantener la calma y tratar de ayudarla en medio de su comprensible ataque de ansiedad.

—¿Qué he hecho, Eric? ¿Qué he hecho?

En ese momento no podía preguntarle por qué huía. Ni qué había dentro de ese local, aunque lo intuyese. Ni qué acababa de hacer junto a toda esa gente enmascarada que la había abandonado tan pronto como las cosas se habían puesto feas.

Lo primero era llamar a Urgencias. Marcar el número y confiar en que el Sámur llegase a tiempo. Quizá aún se pudiera salvar a Rex.

—Tenías razón... —fue todo lo que Tania me dijo—. Maldita sea, Eric. Tú tenías razón...

No necesitaba saber nada más. Con eso bastaba: era imprescindible que ella desapareciese de allí. Lo que acababa de suceder con Rex podía haber sido —es más, puede que sí lo fuera— un accidente. Pero lo que hubiera ocurrido dentro del local, seguro que no.

Después se sucedieron el resto de acontecimientos que Hugo lleva semanas vendiendo en los medios desde que Tania fue acusada formalmente de homicidio involuntario: uno de sus actores intenta salvar a su mejor amiga de una secta criminal asumiendo una culpa que no le corresponde.

Pero eso, que daría material de sobra a Lucas y Amaia para escribir un *spin-off* de *Ángeles*, no es del todo cierto.

Yo no fui el héroe épico del que hablan. Tan solo me subí a la moto y le pedí a Tania que desapareciera.

Que olvidara que alguna vez había estado allí.

Ninguno de los miembros del Círculo la denunciaría nunca: de ello dependía su propia supervivencia. Y si Rex superaba el accidente —y cómo deseé que lo hiciera—, seguro que tampoco le parecía mal que fuera su compañero, y a la vez rival, quien asumiera toda la responsabilidad. Eso ayudaría a que se produjeran unas cuantas cancelaciones entre mis seguidores y, de paso, a revalorizar su personaje en la siguiente temporada.

La temporada que Rex, por desgracia, nunca podrá rodar.

—El relato funciona —insiste Hugo—. Tu versión gusta.

Y por eso, a pesar de que sé que ni él ni la productora me lo pondrán fácil para que la verdad vea la luz, escribo esto. Porque necesito que «mi versión», como la llama mi representante, no sea el guion de nuestro equipo de marketing. Ni un puñado de lemas tecleados a golpe de consigna para que se compartan deprisa y puedan viralizarse en las redes.

Quiero que mi versión sea mi historia.

Y para eso no basta con que guarde silencio y les permita presentarme como el héroe que en realidad no soy.

Porque si de verdad lo fuera, habría dado con el modo de impedir que Rex llegara tan lejos. O que Tania lo acompañara.

Pero no lo hice.

Solo reaccioné cuando ya no tenía sentido hacerlo. Cuando tres personas –lo siento, Paula; lo siento, Cristian; lo siento, Rex– habían perdido la vida por culpa de demasiados años de odio y de quienes se aprovechaban de las heridas ajenas para satisfacer su sed de violencia. Quienes habían construido aquel círculo del rencor con el único fin de redimir su pasado de víctimas convirtiéndose en nuevos verdugos, vampirizando la sangre y el ayer de los demás en ceremonias macabras con las que trataban de calmar inútilmente la angustia propia.

—Lo esencial es convencer al juez de que Tania no participó activamente en la muerte de Cristian –apunta Gabriela–. Y me temo que eso no va a ser fácil. O sembramos una duda razonable en el proceso, o nos veremos abocados a un veredicto negativo.

—Si Tania dice que no lo hizo, es que no lo hizo –la defiendo.

—Y yo la creo –me responde Gabriela–. Pero los indicios en su contra son demasiados... Tenía motivos. Estaba allí. Formaba parte del grupo, tal y como demuestra su tatuaje. Y hay una relación pretérita y conflictiva entre ella y la víctima.

—Ya, pero no hay pruebas. No se ha encontrado la bolsa con la que lo asfixiaron... Ni hay huellas de Tania en el cuerpo de Cristian. Ella ni siquiera lo tocó.

—Todo es circunstancial. Y eso es bueno y es malo a la vez, Eric. Me gustaría decirte que tu amiga va a salir bien parada, pero nos enfrentamos a un proceso complejo y con muchas aristas.

—Ella solo se estaba defendiendo. Y a mí también. Rex nos habría matado a patadas a los dos con tal de protegerse y evitar que hablásemos. En cuanto se quitó la máscara, supe que corríamos peligro. Por eso Tania hizo lo que hizo: para salvarnos.

—Solo digo que ojalá el juez también lo vea así...

—Pues tienes que esmerarte para que lo haga, Gabriela. Por favor.

La versión de Tania genera muchos recelos, así que Valeria nos ha ayudado a que los medios, al menos, no la tergiversen. Y hasta hemos conseguido que Lucas y Amaia le echen un cable, escribiéndole un guion para que pueda contarlo del modo más claro y convincente posible.

Aun así, todos dudan.

Dudan Matt, y Jessica, y Drew, que piensan que en este tema he perdido toda la objetividad posible.

—Me podías haber metido en un buen lío, colega —insiste Matt, que se ha distanciado de mí desde que la policía contactó con él. Espero que podamos arreglarlo, pero no descarto que este sea uno de esos momentos en que las amistades se empiezan a deshacer hasta que, un buen día y sin previo aviso, acaban desapareciendo.

Duda mi madre, que busca cualquier excusa para absolverme.

—Te han metido en algo que no tiene nada que ver contigo, Eric. ¿No te das cuenta de que lo podías haber perdido todo?

Duda Hugo, que opina que Tania es una chica problemática.

E incluso a veces creo que duda Gabriela, a quien la historia de la noche de iniciación le resulta demasiado conveniente.

—Si Tania hubiera sabido lo que iba a suceder, no me habría avisado de que se reunirían.

—Sabías el cuándo, Eric —admite Gabriela—, pero no el dónde.

—Porque ella no quería que Rex me viese allí.

—O porque no quería que vieses lo que estaba a punto de hacerle a Cristian.

Ellos dudan.

Todos.

Porque no la conocen.

Pero yo no.

Yo de Tania no dudo...

Casi nunca.

Cuando llegué, noté que pasaba algo raro... Estuve a punto de irme, pero Rex me lo impidió.

—Hoy no, tía —me dijo—. Hoy no...

Nos sentamos como de costumbre, en corro, y entonces uno de ellos, un tipo que por la voz puede que tuviera treinta o treinta y pico años, me dio la bienvenida.

Ya había ido a sus reuniones antes, pero nunca me habían hecho un caso especial. Ese día, sí. Ese día dijeron que se alegraban de tenerme allí, aunque tampoco dijeran mi nombre, claro, porque los nombres nunca se mencionaban. Esa era la primera norma. Y yo estaba a punto de descubrir por qué.

Alguien más se levantó. Era una persona aún más grande que la primera, con voz grave, de mujer. Me preguntó si estaba preparada para mi noche de iniciación y no supe ni qué contestar.

–Nadie me ha explicado qué es eso –fue todo lo que dije, y busqué a Rex con la mirada.

No podía ver su cara, pero sí intuir su cuerpo, demasiado grande como para pasar desapercibido en medio del resto. Era el más fuerte de todos y enseguida reconocí la forma en que se sujetaba los puños, con tanta violencia como si siempre estuvieran a punto de estallar contra algo o contra alguien. Incluso estando cubierto, podía reconocerlo.

A todos nos pasaba, creo: cada uno de nosotros había llegado al Círculo llevado por otra persona, así que siempre había alguien a quien conocíamos. Eso, dijo la máscara de la voz grave, nos hacía débiles. Y por eso, para evitar tentaciones y asegurar que todos guardábamos silencio sobre las acciones del Círculo, con cada nuevo miembro se llevaba a cabo el ritual que estábamos a punto de vivir. El mismo que hacía no mucho habían celebrado con Rex.

Tres máscaras más, siguiendo las órdenes de las dos que ya estaban en pie, salieron del local en busca de algo. No sabía qué iban a traer consigo y por mi cabeza pasaron todo tipo de imágenes absurdas. Me llamó la atención el silencio sepulcral de cuantos estábamos allí: nadie hablaba. Nadie decía una sola palabra. Y eso que, en las dos sesiones anteriores, casi teníamos que pelear para que se nos escuchara. Pero esta vez solo se oía el silencio. Y nuestras respiraciones.

Las máscaras entraron con alguien amordazado: le habían cubierto la cabeza con una bolsa de plástico y peleaba sin éxito por zafarse de quienes lo sujetaban. Pude adivinar moratones en su cuerpo; era obvio que lo habían golpeado antes de arrastrarlo hasta el local. A pesar de la bolsa, lo reconocí enseguida.

–Dinos su nombre –me pidió la de la voz grave.

Pero yo me sentía incapaz de reaccionar. Solo quería salir, que lo soltaran a él y me dejaran en paz a mí. No podía entender cómo lo habían encontrado.

Ante mi negativa a cooperar, la mujer dio una orden a las máscaras que lo sostenían. Una de ellas sacó una vara de madera y lo golpeó con dureza en las rodillas. Él se dobló de dolor y cayó al suelo. Ahí fue cuando dije su nombre, con la estúpida esperanza de que así lo dejaran en paz:

–¡Cristian! ¡Se llama Cristian! Soltadlo, por favor...

La máscara de la voz más grave sacó su móvil y, mientras continuaban golpeándolo, leyó un texto que hablaba del castigo y de la justicia y que citaba pasajes bíblicos que yo desconocía. Fragmentos que juraría que se habían inventado para convertir aquel horror en un rito que todos compartían. Todos menos yo.

No sé si Rex estaba de acuerdo con lo que estaba sucediendo. A lo mejor él también era otra víctima. A lo mejor solo estaba allí porque en una sesión anterior lo habían convertido en cómplice del asesinato de Paula del mismo modo que ahora pretendían incriminarme a mí para que no pudiera escapar de ellos.

Era el Círculo quien investigaba en nuestro pasado. Quien daba con los que habían sido nuestros verdugos para convertirlos, según lo que se decía en aquel manifiesto apocalíptico, «en justas víctimas».

Y también era el Círculo quien se aseguraba nuestro silencio al hacernos partícipes de aquellas muertes.

Si hablas, no te creerán.

Si dices algo, te acusarán a ti.

Si te atreves a desafiarnos, lo pagarás tú.

Quiero creer que Rex solo me captó porque se vio obligado. Porque lo estaban chantajeando con la misma mierda con que esperaban chantajearme a mí... Pero eso me temo que ya no voy a poder saberlo nunca...

Corrí. Salí huyendo de aquel lugar tan pronto como vi lo que estaba pasando. No me importaba lo que me hiciesen. Me daba igual jugarme la vida tratando de escaparme de ese sitio. Lo que no iba a soportar era quedarme sentada mientras torturaban a alguien. Aunque fuera Cristian.

«Si me voy, pararán», pensé. No creí que continuaran agrediéndolo si yo salía de allí y los obligaba a seguirme. Pero debí de subestimarlos, porque prefirieron acabar con su ritual antes que darme caza. Solo Rex corrió tras de mí. Solo él intentó impedir que escapase para que no pudiese revelar lo que había visto.

—Me vas a destrozar la vida.

—Suéltame.

—No voy a permitirlo, Tania.

Reuní todas mis fuerzas para zafarme de él y seguir corriendo. Sabía que me encontraría de nuevo, pero no podía hacer otra cosa. Solo correr. Aunque no tuviera un lugar en el que refugiarme...

Hasta que apareció Eric. Y entonces, lo que iba a ser una huida se convirtió en un doble asesinato.

No quiero decir que la culpa fuera suya. Solo digo que los salvadores también causan bajas. Y que si Eric no hubiera venido en moto, si no se hubiera interpuesto entre nosotros, si no hubiera hecho saltar en Rex todas las alarmas, quizá yo habría podido manejar la situación de otra manera...

Porque a Cristian no pude salvarlo, pero a Rex, si todo hubiera sido diferente, quizá sí.

Gabriela me dio una copia de la declaración hace solo un par de días. Justo antes de que terminara estas páginas con las que sigo sin saber qué voy a hacer.

—Prefiero que lo sepas por mí... —me dijo—. Antes de que lo escuches en el juicio.

No sé si lo que le preocupaba era la parte en la que Tania cuenta en qué consistía exactamente la noche de iniciación. O el momento en que me acusa de ser parte de lo sucedido.

Si es lo primero, su relato me resulta tan atroz como todo lo que rodea a ese grupo que, por si fuera poco, se presenta a sí mismo como una red secreta de vengadores y justicieros. No hay nada que me repugne más que la violencia, así que —hicieran lo que hicieran quienes han sido sus víctimas— solo puedo sentir un rechazo profundo hacia cuanto ahora sé que hacen ellos. Lo mismo que, si nadie lo remedia y da con quienquiera que esté tras esos psicópatas, seguirán haciendo.

—Me han informado de que Alcira ha reabierto otros tres casos más de los últimos dos años —nos cuenta Hugo, que hemos descubierto que también posee algunos amigos en las altas esferas policiales—. Al parecer, el *modus operandi* de aquellas muertes era el mismo que el de los asesinatos de Paula y Cristian. Sospechan que aquellas pudieron ser las primeras acciones del Círculo.

—Y si nadie nos escucha —añado—, me temo que no serán las últimas...

Pero si Gabriela me ha pedido que lea la declaración de Tania es, en realidad, porque sabe que sus últimas líneas podrían herirme. En el poco tiempo que me conoce ha aprendido a intuirme y prefiere anticiparse a mi reacción, ya que, pase lo que pase, necesita que no contradiga su versión: cualquier titubeo afectaría a su credibilidad y contribuiría a socavar su inocencia durante el juicio. Gabriela me ha pasado su testimonio, pues sabe que no es fácil callarse cuando alguien te acusa de ser inoportuno. Cuando consideran que tu esfuerzo por hacer algo bien ha acabado siendo parte del desastre.

En realidad, no tiene de qué preocuparse.

Si estaba dispuesto a asumir toda la responsabilidad para que nadie pudiera confundir a Tania con la asesina que sé que no es, tampoco tendré ningún problema en aceptar la porción de culpa que quiera otorgarme.

No me inquieta lo que pueda ocurrir después de que ella hable en el juicio. Sé que la campaña de Hugo y Valeria juega a mi favor. Que, aunque odie que sea así, su estrategia ha fortalecido aún más mi imagen pública.

Lo que me preocupa es lo que pasará con Tania.

Lo que dirán quienes no la conocen en Twitter, en Instagram, en Facebook. En ese mundo que ya la intentó derribar dos veces y que ahora se convertirá, otra vez más, en su peor enemigo.

Me inquieta lo que se comentará cuando empiece el juicio.

Las dudas que rodearán el caso y la sentencia paralela que emitirá la opinión pública.

Mi madre, con quien últimamente intento que la comunicación sea menos rígida de lo que había llegado a ser, me ha pedido cautela. Y he agradecido que se limite a eso.

Mi padre, que sigue apareciendo en mi vida cuando no espero que lo haga, me ha mandado un wasap con una única palabra: «Aléjate». Un mensaje en el que, por supuesto, omite mi nombre y que yo he borrado nada más recibirlo.

Tania, que solo quiere que esto termine pronto, me ha pedido que me limite a decir la verdad. Que no vuelva a mentir por ella. Que la quiera del mismo modo que ella me quiere a mí: como dos iguales.

Y Matt, que apenas me escribe estos días, me ha prohibido que mencione su nombre en el juicio: «Ni se te ocurra, colega».

El resto de los consejos que he recibido son tan evidentes que ni siquiera los recuerdo. Una suma de tópicos que no me ayudan y que tampoco contribuirán a que Tania salga pronto de esta.

Solo hay alguien que me escribe un mensaje que sí consigue serenarme.

Alguien que siempre ha estado en los momentos complicados y que se alegra, lo sé, cuando llegan los buenos.

«Él siempre creyó en tu verdad. No le falles ahora».

Guardo el wasap de Julia con cariño y le prometo que no lo haré.

Después apago el móvil. Cierro la puerta de mi cuarto y busco algo en mi armario.

Debe de estar al fondo... En el montón de ropa que arrincono en la zona de las camisetas.

Tardo un buen rato en dar con ella, pero al final la encuentro. Arrugada.

Mucho más pequeña de lo que la recordaba.

Seguramente porque mi padre nunca fue tan alto como yo creía verlo.

O porque ahora lo soy un poco más que él.

Me desnudo enfrente del espejo que me encargué de comprar en lugar del que había pedido que me quitaran.

Me observo.

En mi cuerpo, aún muy joven, puedo ver ya las huellas del tiempo. No es el de aquel niño asustado. No es un cuerpo en el que vea miedo. Ni fragmentación. Ni melancolía.

Es un cuerpo en el que veo belleza.

En el que veo la verdad que me pide Julia.

El valor que me inculcó mi abuelo.

La amistad que me unirá siempre a Tania.

Extiendo la camisa y, sin pensármelo, meto el brazo derecho. Luego, el izquierdo. Después ajusto el cuello. Y comienzo a abotonarla desde abajo.

Lentamente.

Cuando acabo de hacerlo, siento que ese niño de entonces, el mismo que evitaba el espejo del armario, hoy sonríe.

Y pienso que mi vida no es un círculo.

Te han mentido, Tania, ¿no te das cuenta?

Mi vida es una línea.

Una curva a veces. Una diagonal, otras. Una recta discontinua, la mayoría.

Mi vida no se resume en una geometría perfecta, sino en un trazado tan irregular como mi contorno, como la silueta que se dibuja bajo la camisa y que, en un gesto instintivo, soy yo quien abrazo.

Llevo demasiado tiempo sintiendo que está mal el hacerlo. Demasiados años impidiendo que la piel roce la piel. Que mi cuerpo se sienta cuerpo.

«Tengo que contárselo a Tania», pienso. Y cojo deprisa mi móvil para hacerme el único selfi que no pienso compartir en redes sociales.

Porque es una fotografía que no admite *hashtags*.

Ni filtros.

Es solo la imagen de alguien que se sonríe.

De un chico que le pide a su mejor amiga que no se rinda, porque venga lo que venga, lo van a afrontar juntos. Porque sabe que la verdad está de su lado y que lo van a superar.

El retrato de un niño que se dice que todo va a ir bien.

De un adolescente que ha dominado a sus demonios.

De un joven que se pregunta cuál será el próximo paso en su camino.

En la foto, al fondo, se adivinan tres siluetas familiares. La de alguien que ya no está y a quien echo de menos. La de alguien que sí está y a quien sigo intentando comprender. Y la de alguien que no estuvo y a quien no sé si alguna vez le permitiré que llegue a estar.

En primer plano se distingue la mirada de un chico que se parece mucho a mí. Un joven que, creo, soy yo y que sabe que su mayor fortaleza es la conciencia de su fragilidad.

Por eso sé que vamos a salir de esta, Tania.

Porque tus alas son también las mías, ¿no lo recuerdas?

Las alas lorquianas que rogamos que nos dejasen cuando nuestro mayor miedo era no poder volar.

Y ahora, justo ahora que estoy seguro de que lograremos hacerlo, no voy a permitir que nadie nos lo impida.

Aunque el equipaje ya no sea tan ligero. Aunque nos aguarden noches de remordimientos y de insomnio. Aunque nos cueste recuperar la calma después de haber estado a punto de perdernos en la oscuridad.

Somos dos supervivientes, Tania. Y por eso necesito creer que nuestro tiempo, por mucho que hoy nos duela el presente, está aún por empezar.

AGRADECIMIENTOS

Esta novela nace, como todo cuanto escribo, de vidas y emociones reales que, tejidas desde la ficción, tratan de ser honestas con quienes me inspiran con su generosidad y su testimonio.

Jóvenes como P., a quien conocí en un encuentro literario y que, después, quiso compartir conmigo su lucha por sentirse entendido en una realidad donde cree que sus altas capacidades han sido a veces más un obstáculo que una ventaja. Y estoy convencido de que su lucidez y su talento lo ayudarán a sacar todo lo que tiene que aportar. Y a disfrutar de ello.

O como H., que tras hablar conmigo en una firma en una feria del libro, me confesó las ganas que tenía de que alguien hablara, de una vez, de la euforia de género. De la alegría de ser. De la felicidad de encontrarse. Y hasta me regaló, sin saberlo, las canciones que forman parte de esta historia (¡gracias!).

O como C. y L., dos chicas trans valientes y llenas de fuerza, que me relataron en sendos correos su batalla cotidiana frente a un entorno hostil que vencen con la fuerza de su verdad. Por ellas, por quienes como ellas aún sufren la intolerancia y la ignorancia ajena, sentía –desde ese lugar sincero y profundo que nos hace empuñar la palabra a los autores– que tenía que escribir esta novela y dar voz a Eric, a Tania, a su amistad.

Pero si hay algo mágico en esta historia es que su protagonista ha sido, en realidad, quien ha rescatado a su creador. Porque, mientras la escribía, en mi vida sucedían muchas cosas –no todas fáciles– y sentía que Eric me acompañaba, que tiraba de mí, que me abrazaba con la fuerza con que a él lo abrazaba su abuelo, regalándome sus versos de Lorca y su mirada libre y apasionada. Esa mirada de quien ve la vida como un regalo al que aferrarse y que sabe que todo está siempre por descubrir. Por compartir. Y por hacer.

Gracias, Eric. Y que nadie nunca te (os) robe la voz.
Ni la felicidad.

Madrid, enero de 2020

NANDO LÓPEZ

Nando López (1977) es novelista, dramaturgo y doctor *cum laude* en Filología Hispánica. Ha sido profesor de Secundaria y Bachillerato en la enseñanza pública, aunque en la actualidad se dedica en exclusiva a la escritura.

Finalista al Premio Nadal 2010 con *La edad de la ira*, entre sus novelas destacan títulos para el público adulto como *Hasta nunca, Peter Pan* o *El sonido de los cuerpos*, junto con otros destinados a los lectores adolescentes, como *En las redes del miedo, Nadie nos oye, El reino de las Tres Lunas* o *Los nombres del fuego*.

Además ha participado en antologías de relato (*Como tú, Lo que no se dice*) y ha estrenado y publicado numerosas obras teatrales, como *La foto de los diez mil me gusta, Nunca pasa nada, #malditos16* o *La edad de la ira*, basada en su propia novela.

Su pasión por escribir sobre y para la adolescencia nace de la importancia de aquellos años en su vida y del cariño hacia los estudiantes de su etapa docente. Alumnas y alumnos que siguen en su memoria. Y en su corazón.